ナーダという名の少女

角野栄子

角川文庫
19860

目次

第一章

スクリーンにエンドロールが流れ出し、映画館の中がゆっくりと明るくなっていった。リオ・デ・ジャネイロの対岸ニテロイ、新市街近くの小さな映画館。ばらばらと座っていた人がだるそうに腰を上げ、出口の方に向かい出した。

アリコは首をななめにかしげたまま、まだ名前を映し出している画面をぼーっと見ていた。

なんなのこの映画。「世界の始まりへの旅」っていうタイトルに惹《ひ》かれて見に来たのに、するする動く道ばっかり写して。車が道を走るだけの映像にどんな意味があるというの……。あんなに見たくて来たのに……わたし、わからない、ついていけない……。

アリコはひざのバッグを肩にかけると、立ち上がり、のろのろと明るい出口の方へ階段をのぼっていった。

ずん。

鈍い音が、アリコの脛《すね》に響いて、体が前のめりになり、泳ぐように転びかけた。

「ごめん、ごめん。足ひっかけちゃって」

しゃがれた声がする。細い腕が出てきて、アリコを救い上げた。

「だめじゃない、しっかりしなけりゃ」

こっちも咳払《せきばら》いをしたくなるようなしゃがれ声だ。

なにいってるの、あんたがわざと足出したくせに。ちゃんと見えたんだから。

アリコは顔を上げ、じろりと声のぬしを見た。

不規則に切った赤い髪は顔の周りでとんがるように泳いでる。大きな目は変にふぞろいで、まだ薄暗い場内でぎらっと光った。

「ねえ、おいでよ、さ」

赤毛はいきなりアリコの腕に自分の腕をからみつけて、ぐいっと引っ張った。アリコはとっさに身を引く。

「なんで」

大きな声を出したつもりだった。でも声はからからに渇いた口の中にはりついて出てこない。

「アリコちゃん、はやく。一緒にいこう」

しゃがれ声に、妙な甘さが混じっている。

アリコは凍りついたように体を固くして、よけて足を速めた。

赤毛はそんなこと意に介した様子もない。前に歩けとぐいっと肩を押しつけてくる。

「どうして？」

やっとか細い声が出てきた。アリコちゃんなんて、なれなれしすぎる。第一なんで自分の名前を知っているんだろう。

「いいから、いいから。さ、カフェ、いこうよ」

アリコは腕をからまれたまま、エレベーターに押し込まれた。

「やだ、なんで」

アリコは体をねじって、赤毛をにらみつけた。

エレベーターの中の人は、若い女の子がふざけあっていると思ったのか、にやにや口をゆがめて見ている。

アリコはそのまま、ぐいぐいと引っ張られ、映画館の隣のカフェの椅子に押しつけるように座らされた。

すぐよってきたガルソン《ボーイ》に、「カフェジンニョ《小さなカップのコーヒー》、ふたつ」と、赤毛は慣れた口調で注文すると、暴れようとしているアリコの肩を両手で押さえた。

「座って」

アリコの頭は混乱している。誘拐？　この女の子が？　わたしを？　まさか。

周りには人が大勢いる。見ればそばの人たちは、アリコの家の近くでは見られないような、きちんとした服装をしている。アリコが日ごろ見ているのは、歩いてる途中でバーに寄り、大抵カウンターに立ったまま、カフェをのどに放り込むように飲んで、そのまま、また歩き続ける、そんな飲み方をする人たちなのだ。食事でもないのに、椅子にちゃんと座っておしゃれにカフェを飲むなんて今まであまり馴染《なじ》みがなかった。この場所なら、怖いことなんて、起こりそうにないとアリコはとっさに思った。万一の時は大きな声を上げれば、この澄ました人たちの一人ぐらい助けてくれるだろう。

「あたしね、ナーダっていうのよ、名前よ」

しゃがれ声はそう言いながら、隣に座り、小さなバッグから平たいガムを出し、銀紙をやぶりとると、乱暴にちぎって、口に放り込んだ。くにゃっと口が動き出す。次第に顎《あご》を大げさにゆがめて噛《か》みつづけながら、アリコを見つめ、目をはなさない。あいまに訳知り顔で、「ふん、ふん、やっぱ、かわいいね、あんたは」と勝手にうなずいたりしている。

「どうして、わたしの名前、知ってるの。わたしは、あなたなんか知らないのに、いきなり……」

アリコはやっと声にした。

「それが知ってるのよね、ずーっとね、わるいね。ほら、あの映画じゃないけどさ、そもそも『世界の始まり……』からね」

世界の始まり……この人の世界の始まり？　なに、それ……。映画のタイトルにひっかけて？　かっこつけちゃって。

アリコは精いっぱい反抗的に睨《にら》みつけた。

ナーダは口からガムをぐーっと引っ張り出して、またすすりこみながら、肩をすくめ、顔だけからかうように笑っている。

　右の目が翡翠《ひすい》の緑で、まるで中国のお金持ちの指輪のように、色が濃い。光にキラッと反射する。左の方の目はまったく違って、骨董屋《こっとうや》さんに置かれているフランス人形の目みたいなうすい水色で、糸のように細い線が放射状に走っている。静かな水たまりのようだ。

「かわいい、アリコちゃん」と、ナーダは甘い声を出して、くしゅっと鼻にしわを寄せ、肩をくっつけてくる。

「あ、ごめーん。これ、なれなれしすぎよね、女と女、へんたーいって思われちゃうよね……ふふ」

　アリコはとっさに体をはなし、きたないものでもくっつけられたように手で肩を払った。

「同じ年だもんね。そう、おそろいの十五歳……でしょ。あんたって、まったく……あきれちゃうわよねえ。四六時中じーっと家にこもってばかり、それって、やばいよ。ぜんぜん出てこないんだから。ま、学校に行くだけましだけどね。なんとかならないの、その暮らし。そばで見てるこっちもまいっちゃうよ。第一何が面白くて生きてるのよ。中学生でしょ、もう少し派手にやったらどうなのよ。青春もったいなくない？」

　一方的に喋《しゃべ》りまくる。

なぜ知ってるんだろ、わたしの名前も年も。今まで一度も会ったこともないのに、アリコが家にいるのが好きなことまで。それになぜ、この人がわたしのことで、まいっちゃったりするのよ。

「ねえ、半分あげようか」

ナーダはまた口からガムをひゅーっとのばすと、ちぎって、アリコの口のところに持ってきた。

「やだ」

アリコは手で避《よ》けて、ぐっと体をのけぞらした。

「あたしが噛んだのきたなくって、いや？　半分こはいやなんだ。半分こって、やさしい分け方じゃない。もとは一つなのにさ」

えっ？　なに、その理屈。おかしいよ、この人！

アリコは出来るだけ憎らしい顔をしようと、眉《まゆ》をひそめ、口をゆがめる。

「アリコちゃん、あんたまったくおじょうちゃまね。おかたいこと！　おかたいに、くそがつくよ。ふふ、で、あたしはナーダよ。ナーダって名前はね……なんにもないってことなんだから。ふふふ、で、気ままで、お好きなようにってね。だから、自由なんだよねえ。いいでしょ、うらやましいでしょ」

と、ナーダは口のはじから歯をのぞかせて、しゃべり続け、わざと不気味に笑って見せると、取り出したガムをまた放り込んだ。

わたし、変な人につかまってる！

アリコは椅子から腰を浮かした。

「いいから座んなさいよ。アリコちゃん、だまってるのもつらいでしょ。どうだった、さっきの映画。ポルトガルのおじいちゃんが監督した映画よ。この人、この時九十よ」

そんなことは知っていた。だから見に来たのだ。

「世界の始まりへの旅」


始まりって、どこだろう。むずかしくってよくわからなかったけど、年寄りの映画監督が友人と、車で道を走りに走って、行きつく先は、山の中の貧しい村、主人公の故郷ってことらしかった。旅の車はときどき戻ったり、止まったりするけど、映画の半分ぐらいは走り続け、道の路面ばかりが遠のいていく。狭い道でもここは追い越し可能という矢印の標識が前方、後方交互に出てきて、それに意味があるらしいといえば、あるらしくも思える。はっとするような出来事は、一つも起きない。

ポルトガルっていえば、定番の言葉、それにブラジルでもよく口にする、「サウダーデ、なつかしごころ」そんな気持ちを抱えた旅ってことをいいたいのかな。来しかた行く末をサウダーデする、年寄りだからね、昔に戻ってみたいんだ。そう考えれば、ま、それでいいけど。

アリコは深く考えるのをやめて、わからない気持ち悪さを納得させようとした。戻って行かなければならないほど、「始まりの世界」って大事なんだろうか。アリコは始まりへなんて、絶対戻りたくない。だからといって先へ進むのも、考えただけで疲れてしまう。そんな自分をちらりと思った。

しょうがない、そういうわたしなんだもん。

「ポルトガルの北の方の町から旅が始まるって、雑誌の映画欄に出てたから、ナーダちゃんも見たいと思ったのさ。あたしもその辺に興味あるのよ。案外ご執心なの。どんなとこか知りたくってさ、あんたもそうでしょ。あたしと同じよね、それは、わかってるんだ」

ナーダはがさがさの早口で、そう言いながら、勢いよく足を組んだ。うすい花柄のスカートが揺れて、ぴかーっと金色のハイヒールが光る。ヒールが高い。アリコはそのヒールの高さが右と左で微妙に違うのに目をとめた。その右足のくるぶし近くに、「愛」という文字の刺青《いれずみ》。パパエ《父親》に買ってもらった日本のTシャツについてた同じ文字。本物の刺青？　まさか……。でもアリコはそこから目が離せない。

ふん、ナーダはそれを見て、ひゅっと肩を上げ、足を組みかえた。

実はアリコも、ナーダと同じ気持ちで、この映画を見に来たのだ。それをナーダがどうして知っているのだろう。胸がぐっと強張《こわば》ってくる。

三歳のときに別れたママエ《母親》は、ポルトガルの北の方ポルトというところの出身だと聞いたことがあった。そこに「世界の始まりへの旅」というタイトルがかさなって、アリコはひかれた。始まりへの旅？　始まりへ戻っていく旅、そこに意味が隠されているのか……でも、旅って戻るの？　行くものじゃないの。頭の中がごちゃごちゃになる。同じ国の生まれだから、映画の中に、ママエの始まりの風景が垣間《かいま》見られるかもしれないと漠然《ばくぜん》と期待していた。

アリコは十五の年になるまで、一人で映画を見に行ったことがなかった。友だちは土曜日っていえば、誘い合って映画に行ったり、デートをしたり、それが当たり前なのに、アリコは誰かと一緒なんて、考えただけでも、体がだるくなる。

小さいとき、父親のナオキは、評判になった子ども向けのアニメ映画は連れて行ってくれた。大きくなってからは、アパートの一階でジュース屋をやっているカリナおねえさんが誘ってくれることもあった。映画は好き。出来ればたくさん見たい気持ちもある。

でもアリコには変なところがあって、映画が面白ければ、面白いほど、見ている間何度も、このまま自分だけ楽しんでもいいのだろうかと、不安になってしまうのだ。手放しで楽しみに浸ることができない。また自分にはそんな贅沢《ぜいたく》は許されないのだと思ってしまう。こんな奇妙な想いから離れられない。離れたりしたら、なにかを裏切ってしまうような気がする。だから楽しくても身をちぢめて、なるべく楽しくならないようにしよう。知らず知らずのうちに気持ちにストップをかけていた。なぜそうなるのか、アリコにもわからない。でもナオキにも、カリナにも、ナオキの親方、トントにも、そのことは話したりしない。これは生まれた時から自分に付いてきた、くせみたいな、いやお守りみたいなものなのだ。アリコはこの理屈にならない気持ちを自分でそう思うことにしている。

一人でお留守番はいい、空気の動かないところは安心だけど、動くところは、いやなことが潜んでいそう。だから見つからないようになるべく隠れていたい。

心配を引き寄せて、後ずさりしてしまう、アリコはそんな少女なのだ。

映画館の小さな窓口をのぞいて、切符を一人で買うのはとても勇気がいる。上映中の異様に大きな音響にも胸が痛くなる。挙げれば理由はいろいろある。映画は見たいのに、そのいろいろを乗り越えてまで、一人で行く気はしないのだ。なんでも知りたい年頃、十五歳の少女にはめずらしい。陽気なのがブランドのブラジル娘なのに、こんな子はまずあり得ない。アリコ自身だって、自分がとても情けない。普通の子だったらどんなにいいだろう。

マノエル・ド・オリヴェイラ監督のこの映画は今日が最終日だった。それもとっても小さな映画館での上映。見のがしたら、いつ見られるかわからない。

ポルトガルの北の町からの「始まりへの旅」。アリコのママエ、アナマリアもそこからは大分南にさがるけど、ポルトという町の近くで生まれた。それで、映画の「始まりへの旅」というタイトルは、アリコにも意味がありそうに思えて、なんとしても見なくてはという気持ちになった。それは彼女自身も驚くほど強いものだった。

それでやっとのこと一人でやってきたのに、いきなり見知らぬ変な女の子にからまれるなんて……もう、だからいやだ。小さなカップに黒々と入っているテーブルの上のカフェを見つめたまま、アリコは顔が上げられないでいる。

昨日、思い切って、パパエ、ナオキにいっしょに行ってくれるようにたのんだのに、どうしても遅らせることができない仕事があるという。

「一人で行ってごらんよ」

「いやだ」

「じゃ、またどこかでやるさ」

ナオキはこともなげに言った。そんなこと言ったって、もうやらないかもしれないじゃない。すごく人気がある映画とも思えない。名前を聞いたこともない小さな映画館でやるくらいだもの。きっと今回限りだ。それで勇気をふるって、やって来たのに、へんな人につかまってしまった。

「ねえ、アリコ、あんたの世界の始まりっていったら、どこ？」

赤毛が聞いた。

「えっ」

いきなり質問がとんできて、アリコは驚いた。

ほんとだ、どこなんだろう。ただママエの生まれたところが、どんなところか見てみたい。そんな気持ちに引っ張られて来たわけで、自分の世界の始まりなんて、そうあらためて聞かれても……。始まりの場所なら、生まれたこの町、リオ・デ・ジャネイロだけど……。

いや、そうじゃない。それはもっと違う意味のある、もっと特別な場所のはず。思い出したら涙がにじんでくるようなところ。でもそんなとこ、アリコにはない。そもそも自分なんて始まらないほうがよかったんだ。胸がきゅうとちぢんだ。

アリコはナーダを上目遣いに見ながら、おどおどして聞いた。

「じゃ、あなたの世界の始まりって、どこなの？」

ナーダはブラブラさせていた自分の足元をちらっと見ると、

「始まり？……考えてみると、そもそもあたしには始まりが終わりなのさ。そしてあたしはナーダ、『なんにもない』っていう名前だから……なんにもない。なんとも言いようがないわけさ。ほんとにすいませんって、言いたいほど情けない。ふふっ」

くっと口を曲げて笑った。その曲げ方は、とても悔しそうだった。

「わたしだって、同じよ。ナーダっていえば、ナーダだわ」

アリコは赤毛から顔をそむけて言った。精いっぱい反抗的な言い方をしたつもり。

「よしてよ。真似しないでよ。あなたは違います。なんの引っかかりもない、つるんとしたかわいい顔してるじゃない」

ナーダはさっと手を出して、アリコのほっぺたをなぜた。

「やめて！」

アリコはくいっと顔を上げて、ナーダをにらんだ。さすがにカチンときて、立ち上がりかける。

「まあ、いいから、いいから、落ち着いて。ところで、ねえ、アリコちゃん、あんた、ポルトガルへ行くよね」

ナーダは飲みほしたカップをテーブルにおくと、乗り出すようにして聞いた。あれって思うほど真剣な顔をしている。なにこの決め付けた言い方、アリコの目がきっと光る。

「まさか。遠い外国よ。行けるわけないでしょ」

「大丈夫。行くって、絶対行くって。これは決まり……と、いうわけで……じゃ失礼するわ。アリコちゃん、またね、チャオ！」

ナーダは一方的に、口から言葉をなげながら、バッグから二人分のお金を出してテーブルに音を立てておくと、アリコの腕にするっと手をからめて、ほっぺたに唇を軽く押し付け、さっと離れて、もう一度「チャオ」と手をふりながら出口に向かっていった。

あの子、変！　なに言ってるの。行くよねって、ポルトガルへ……だって。

初めて会った人にこんなことがよく言える。それに、「またね」っていったって、これで「またね」があるわけないじゃない。お互い名前だけで、どこのだれかも知らないのに。

これじゃ、まったく本当に「ナーダ」ってわけだ。

意味ありげな様子をして、あの赤毛は単なる暇つぶしにアリコを使ったんだ。

アリコはぶっと膨れるのが精いっぱい、続いて席を立って、道に出た。

すぐそこにいると思ったナーダはもうすでに人波の向こうに、赤い髪をぴょんぴょんふるわせて歩いている。その弾むような動きはハイヒールの高さの違いなのかもしれない。それがなんだか妙に格好いい。周りの群衆が色のない塊のように見える。視線をのばすごとに、ナーダはまるでワープでもするように、人をすり抜けて遠くへ、遠くへ意外な速さで、移動して、建物の陰にはいると、連れ去られたように、視界から消えた。

アリコははっとして、前のめりになった。

なぜか追いかけたい気持ちになっている。

たった十五分ほど話しただけなのに、アリコはナーダのことが気になった。

家に帰った後も、着替えもしないで、ベッドのはじに座り込んだまましっと考えている。くいっと上げる生意気な口の曲げ方が目にうかび、がさがさした声も耳について離れない。それに際立っているのはあの目だ。いままであんな目をアリコは見たことがなかった。翡翠《ひすい》色の右目から、緑の光が一本の線のようにこちらに突き刺さってくる。それに比べもう一つのうすい目はとても静かで、光はぼんやりと沈んで、こっちを見ているようで見ていない。もしかしたら見えないのかな、いや、見てる。アリコの向こうの、どこだかわからないどこかを、あのうすい目で見ているような気がする。なれなれしくからめてきたナーダの手は、思いのほか細く、ひやりと冷たかった。

ナーダは不思議な、いや奇怪な空気をアリコに残していった。

「でもさ、わたしのボルサ《ふくろ》には入れない」

アリコはつぶやいた。

アリコはナーダの残像からやっと目をそらす。

向かい合ってる道の向こうのアパルタメント《アパート》の部屋に電気がついた。子どもを呼ぶ、どこかのママエの声がする。夕暮れが近づいていた。

「だれでもね、ボルサを一つ持って生まれてくるのさ。そこに大事なものを入れていく。悲しいことも入れて隠す。子どもはね、それを少しずつ大きくしていく、そして一生、入れ続け、持ち続けるものなんだ。それがね、思いのほか人を助けてくれたりするのさ」

パパエ、ナオキはいつかこう言ったことがあった。いつもはぽつぽつと短い言葉しか使わないのに、この時はこんなに長い言葉を一気にしゃべった。それにアリコと話す時は大抵日本語なのに、ボルサだけ、ブラジルの言葉を使ったので、とても変に思ったのが忘れられない。そういうパパエのボルサに入っているものは、たった一つ、それはママエだ。それは決まっている。

アリコはその時すぐ思った。自分のボルサはもともと空っぽ。これからも入れるものなんてあるわけない。どうせその方がいいんだ、空っぽで。

それなのに、ナーダをその特別なボルサと関係づけて考えていた自分に戸惑っていた。会ったばかりの人なのに。感じの悪い、変なやつだったのに。

もう会うこともないはず。でも腕にからみつかれて、引っ張られているような気持ちがいつまでもアリコから消えていかない。

「ふん、なによ」

アリコは窓の向こうの暗い空に向かって吹き出すように言った。

一人の時なら、こんな威勢のいいことばが使える。


アリコたちが住んでいるアパートから町の中心の方へ、同じ通りを三ブロック、七分ほど歩いたところに、ナオキの店がある。

間口二メートルほどの狭い入り口の上には「カーザ・メカニコ《修理屋》」と書かれた看板がかかっている。電気器具だけでなく、壊れた道具はなんでも直す。「なにせ日本人だもの」というのが、お客さんの合言葉だ。この国はいろんな国の人がいるから、それぞれの国の人に、あだ名のようなものがついている。大抵は冷やかし半分のものが多いのに、日本人だけは別格。なんといっても勤勉で、間違いないというのが商標になっている。

ルア・ボアシルバという名の通りは長く、終わりはT字路になっていて山に向かう。左の坂道をくねくねとしばらくのぼっていくと、その先にはリオでも有名なファベイラがある。この国では、特に貧しい人たちが集まって暮らしている区域をこう呼んでいる。リオ・デ・ジャネイロの山の中腹に点在するファベイラには一つ一つ名前がついていて、ここの名前は、「ファベイラ・サンタ・モンテ」、「聖なる山の町」とでもいったらいいのだろうか。貧しい人たちが住む丘を聖なる山というのは、住民の陽気さから見ると、その通りでもあり、絶えず貧しく、そのためになにがしかの危険に注意しなければならない場所であることを思うと、皮肉な名前とも思える。この頃ではファベイラもずいぶん形が出来て、それなりの暮らしをしている人もいるが、初めはトタンを拾ってきて、小屋を建て、電気も水道も勝手に引いて暮らし始めた。やがて人がだんだんと集まってきて、トースターや、アイロン、冷蔵庫なども使うようになった。大きなマーケットに行けば、そんなにお金を出さなくっても、小さな電気器具だったら新しいのがいつでも買える。でも、そこの人たちのお金は限られているから、壊れたからといってすぐ新しいものは買わずに直せるものは直して使う。それでナオキは、便利なメカニコ《修理屋》さんなのだった。

　貧しい人たち相手だから、もちろん儲《もう》かる商売ではない。でも手を動かして、なんとか工夫して、直せるものは、直すというのが、あとにせいせいとした気持ちを残してくれる。これを続けていれば、いやなことはあまり起こらない。口をきかなくても出来る仕事なのも、ナオキは気に入っていた。その彼の寡黙さと、黒く澄んだ瞳《ひとみ》もちょっとした評判で、界隈《かいわい》のにぎやかなおかみさんたちをそわそわさせている。

　時には壊れた部品をよせ集め、道端で拾ってきた空き缶なんかと組み合わせて、時間があれば、少年のように熱を入れて、小さな動くおもちゃのような、ロボットのような、見ようによってはオブジェのようなものを作ったりしている。でも作ってしまえば、それで気がすみ、そのまま棚のはじっこに並べて置いておく。時折目をとめたファベイラの子どもがほしがると、惜しげもなく渡してしまう。子どもたちは喜んで持ち帰り、いっとき動かして遊ぶと、今度は道端でちゃっかり売りに出す。ナオキはそんな光景を見ても、ただ笑って、見ないふりをして通り過ぎる。この辺はそんなことがしょっちゅう起こるところだった。

アリコは下着を買おうと、コパカバーナ海岸から奥に入った、狭い通り沿いの店をのぞいていた。早くしないと、土曜日だからお店が閉まってしまう。友だちと比べて成長は遅いほうだったのに、このところ急に胸が大きくなって、今まで間に合っていた子ども用のブラジャーがきゅうくつになってしまった。強く引っ張らないとホックがはまらない。洋服を買うにも、鏡の前で着たり脱いだりするのが苦手なアリコだから、ましてや下着なんて、とっても勇気がいる。

でもこの手の買い物は、ナオキに頼むわけにもいかない。また友だちにも、近所の人にも買うところを見られたくない。それで遠くまでやってきたのだ。こんなときママエがいる人は、頼んで買ってもらうんだろうなと、ちらっと思う。

ものすごいハイテンションで、ハードロックの音楽が、響いてきた。この頃急に町のあちこちに店舗を増やしている、あぶないドレスを売りにしているブティックだった。

通りに面したウインドウの中では、お人形ではなく、生身のモデルがサンバのムジカ《音楽》に合わせて、三人そろってはげしく踊っていた。スタイル抜群のムラタ《混血》が美しい体の線をくねらしている。つけているものは世界一布のいらないドレス。胸にちょびっと、あそこにちょびっと、あとは薄い腰布。土曜日の買い物客を呼び込もうと、スペシャルサービスなのだろう。

　アリコははっと立ち止まった。カッ、カッ、カッ、どこかで聞いた、不揃いの靴音が、後ろから響いてくる。あわててそばの店のくぼみに入る。目の前のガラスに映る姿を見ると、思った通り、やっぱりナーダだった。店の入り口の派手な電飾をくぐって、音が爆発している店内に、リズムに合わせて、腰を揺らしながら入っていった。アリコは体を立て直し、そっとナーダの後から店に入る。外の強烈な光をはなれると、中は一瞬真っ黒な闇。アリコは手さぐりで、つるされているドレスの後ろに入り込んだ。もう抑えられないほど、胸がバクバクする。それだったら、さっさと立ち去ればいいのに、それが出来ない。しかもあまり知りもしない人に、こんなに関心を持つなんて初めてのことだった。アリコは強烈な音の響く、暗い場所で、鳥肌の立った腕を自分の体にこすりつけた。

　ナーダは腰を振って店内を歩き回り、ハンガーから手早く三つほどドレスを選ぶと、着替え室に入っていった。間もなく出てくると、体にぴったりなドレスを着て、鏡に向かい、あれこれ動きながら、ウインドウの踊り子たちに合わせて、軽く踊りだした。

シャシャ、シャカッシャ、シャカ足が小さな音を立てている。

やっぱり足の長さは微妙に違うようだ。その違いで踊りがかえって格好いい。カシャって内緒話みたいな音がするのもそのせいかもしれない。

ナーダはアリコの背の高さとあまり変わらないのに、細身で、しなやかで見事なスタイルだった。この店のパンクなドレスも赤毛によく似合う。三つ編み頭の黒人の店員が、ひょろんとした足をリズムよく動かしながら、ナーダの周りを回っている。

「すっごく、いいわ。これこそお客さんのスタイルね」

ちょっと女っぽいことばでナーダに耳打ちし、笑いかけている。

アリコは後ろを向いてお客を装いながら、ちらりちらりと目線をのばす。こんなことするなんて大事件だ。胸がひっくり返りそうなほど暴れている。

ナーダは二度、三度と試着したあと、まとめて抱えると、踊りながらレジに向かっていき、分厚い財布をあけて、しゃがれた声で笑いながら、お金を取り出す。十五歳といえば、まだ子どもなのにあんな大胆な買い物を一人でするなんて、アリコは怖いような気持ちになった。

ナーダの支払いが終わりそうなのを見て、アリコはそっと外に出ると、通りを渡り、向かいのカフェの前で人波にまぎれて立ち止まった。店の大きなガラスに映るナーダの姿を目を凝らしてうかがう。しばらくして店から出てきたナーダがゆがんでガラスに映った。どうやら通りを渡って、こっちにやってくるらしい。手を胸のところまで上げて、小さく振っている。あれって、だれに……わたしに……、まさか。でもアリコはそれに「あら」なんて、気軽に答えられたらいいのにとめずらしく思った。

後をつけて、盗み見してたんだから、そんなこととてもいえない。かといって偶然を装う器用さもない。

でも知らんぷりも変かなあ……と、ちょっと未練で、アリコは振り向きも出来ずにぐじぐじ考える。考える前に、後ずさりというのが、これまでの彼女だったのに。心がかつてない不思議な動きをはじめている。

やっぱりナーダは道を渡りかけている。また手を振った。

ナーダの足が微妙にステップを踏んでいるように見える。またさっきのような足音が聞こえてきた。

シャッ、シャ、ササッシャ
よわ　むし、よわ　むし
そうからかわれているように聞こえた。

ナーダに気づかれた。アリコは思いきって後ろを向き、あれ、と目を見開いた。たった今、ガラスに映っていたのにナーダが見えない。気配もない。まるでホラー映画を見ているようだった。一体どこに消えてしまったんだろう。アリコは急いで走って、曲がり角の向こうをのぞいた。遠くに肩を揺らす独特のスタイルで歩く、赤毛が見える。またしてもあっという間に、信じられないほど遠くに行ってしまっている。アリコは眉《まゆ》をひそめて、じっとナーダの後ろ姿を見つめた。アリコとナーダの間で時間が変な動き方をしているとしか思えない。

ナーダの姿を追うように背伸びしながら、口をとんがらせた。

「やだ、さむい」

アリコはつぶやくと、両手で自分の体を強く抱きしめた。

アリコは学校を飛び出した。授業が終われば、自分だけの時間になる。さっさと家に帰って、お気に入りのハンモックにもぐりこんで、猫みたいにまるまって揺れていたい。今日は図書館で借りてきたスウェーデンの警察もの、マルティン・ベック・シリーズを読むつもり。ブラジル育ちのせいか、やたら雪の降る、この寒い国の作品が魅力で、目下夢中なのだ。凍りついた道を走る警察の車だとか、人々が吐く白い息とか、雪や氷にうずもれた風景とか、ぬかるみをくねくねと歩く人とか……「ルア（通り）」を「ガータン」なんていうのも、とっても寒そうな名前だと思った。流れている空気もいつも霧でけぶっていて見通しが悪そう。活字の中からも冷たい空気が立ち上ってくる。そんな町で生きるというのはどんなものなのだろう。

リオ・デ・ジャネイロの気温は一年を通して、とっても暑いとぬるめの暑いの繰り返しでつづいていく。マフラーなんて雑誌で見るだけ。持ってないし、手袋なんて使ったこともない。もちろん雪も見たことない。強い日差しのせいで、道の向こう側は光、こっち側は影と、いつもするどく分かれている。光と影が適当にまざったりしない。北の国、スウェーデンのミステリーでは空は灰色で、いつもじぶじぶと雨か雪が降っている。帽子をかぶり、分厚いコートの人が肩をすぼめて歩いてる。いつも体をさらさないでいるって、隠されているようで、ほっとするんじゃないかなと、肌をさらす国に住んでいるアリコの想像は広がっていく。

四季の変化があまりないリオ・デ・ジャネイロでも、今は一応冬のおわり。短い春をすっとばし、もうすぐ夏が爆発する。ナタール《クリスマス》、新年、そしてカルナバル《カーニバル》へと、町も、人も勢いづき、一気になだれこむ。まだ四カ月もあるというのに、みな、もう待ちきれないとばかりに、腰をふりふり歩くようになる。この町では、季節と体の動きがシンクロする。

しだいにカルナバルの歌がテレビやラジオで流れるようになり、年がかわるとどんどんその数も増えていく。そして沢山の小川が集まって大きな流れになるように、やがてその年、人気の歌が決まってくる。それを口ずさんだり、踊ったりする人が路上でも増えて、歌の文句が冗談に使われたりする。みんなもう、うきうきして、楽しさに乗り遅れてはたいへんとばかり、大げさに盛りあげていく。

町がサンバのリズムで揺れ、一気に温度も上がって、人々の肌のつやが増していく。町の音も一段とはでになり、それが高い建物にはさまれて、異常なはじけ方をする。もうすっかりお祭り気分だ。そして世界的にも有名なおおさわぎの「カルナバル」が始まる。この町生まれの人はカリオカ《リオっ子》と呼ばれ、ブラジルの中でも陽気さでは一目おかれている。

こんな町で生まれ、育ったのにアリコは、大幅にずれて、陽気どころか、永久凍土みたいに固まっている。

「絶滅〝ガロッタ《女の子》〟」とアリコは自分のことを思っている。

「アリコの目ってさ、男好きするんだよな」

友だちに言われたことがある。

うそ、とアリコは思う。ただちょっと変わっているだけよ。こんな穴みたいに暗い目なんて、いいわけないじゃないの。男好きするなんていわれると、ぞっとする。

「アリコ、この間、男の人と歩いてたね。すごいかっこいい人と。とってもお似合いだったよ」

学校で友だちに言われた。

「まさか」

アリコは驚いて言い返した。そんなこと、本当にまさかだ。

「もてる人は違うね。年上、ゲットするなんて」

「どこで？」

アリコは聞いた。覚えがないけど、自分でも知りたくなった。

「ほら、ピント通りのフェイラ《野天市場》のとこで一緒にパステス（揚げ餃子《ぎょうざ》のようなもの、スナック）食べてたじゃない」

「やだ。あれはパパエよ。この間の土曜日でしょ」

「へー、あれが、パパエ？　うそー！」

「驚き！　信じられないよ」

友だちは大げさにのけぞった。

「お兄さんみたいじゃん。アリコのパパエは日本人でしょ。でもそう見えないねえ。背、高いし、目の色も変わっているし。アリコより少し濃い色だけど」

「あんたのパパエ、かっこいいんだね」

「やめてよ」

アリコは怒ったように語気を強めた。

ちょっとからかったつもりの友だちはアリコの態度に驚いて、それ以上何も言わなくなった。

ナオキは若いはずだ。二十の年にアリコが生まれたのだから、まだ三十五歳。独身に見えてもおかしくない。でもどこか静かな雰囲気をもっていて、かえってそれがこの町では目立ってしまう。それはアリコも同じで、妙に人の注意を引いてしまうのだ。ふたりとも目立つのが嫌い。お愛想も言えない。いつも灰色の空気に包まれているようなのに。

「いつも引っ込みたがるの、やめろよ。さ、もっと笑って。アリコはかわいいよ、すごくさ」

そう笑っ込んできたのは同じクラスのアントニオだった。廊下の隅にアリコを押し込むようにして囁《ささや》いた。

「いっしょにどこかに行かない」

「やだ、やだ、おねがい」

アリコの目がいっきに濡《ぬ》れてきた。

「わりい」

ひどく悪いことをしたみたいに、アントニオの体が飛びのいた。

周りから一斉に笑い声が起きる。

アントニオは、むっとして、離れていった。

「もう、いやだ！」

それから三日、アリコは学校に行かずに部屋にこもった。

こういうアリコをパパエ、ナオキはたいていだまって見ている。それをいいことに、ベッドにもぐりこんで本を読む。でも三日もすると、ナオキの目つきが変わってきた。アリコはそれを敏感に察して、のそのそと学校へ出かけていった。

そんなアリコに、クラスの男の子はだんだんと近寄らなくなっていった。女の子も、なにさ、かわいい子ちゃんぶってる……と冷たい。

アリコにとって学校は口を開くことなく席に座って、ひたすら時間を過ごすところなのだ。いつも一人だから、考え事や、本を読む時間はたっぷりある。留年の多いこの国の学校でも、おかげで成績はまあまあとれるので、先生もだまって見ていてくれる。これがアリコのそこそこ平和な学校生活だった。

アリコが学校から帰って、ドアを開けると、足元に封筒が差し込んであった。裏を返すと、「ナーダ」と書かれている。急いで指を差し込んで、むしるように封を開けた。

「あたしんちにこない、今度の金曜。フェイジョアーダ（ブラジルの代表的料理）、食べる会するの」

そこには住所と始まる時間が書いてあった。なんと始まるのは、夜の九時。はじのほうに、「あんたはちょっと早くおいでよ。暗くなるとちょっとやばくなる場所だから。久しぶりにおしゃべりしようよ。積もる話をね。アパートの前にイッペイの大きな木があるんだ。すごく巨大、いっぱい黄色の花さいてるよ。だからすぐわかる」と走り書きが付いていた。

久しぶりに……？　おしゃべり……？　積もる話⁇　そういわれるほど会ってないじゃない。

ナーダの言うことはいつも突然で、奇妙だ。

なんでアリコの家を知っているのだろう。それも六階にあるアリコの部屋まで来て、ドアに手紙を置いていくなんて、下には郵便入れもあるのに。アリコはナーダに見張られているような気がした。

「九時より前って……どのくらい前？」

アリコはつぶやいて、はっと目を開いた。すでに行く気になってる自分に気がついて驚いている。今までこんなことはあり得なかった。しかもあんな失礼な態度をとったナーダの誘いに乗るなんて。

学校の友だちに、誘われても、どうするか考える前に、断ることばを口にしていた。アリコは一人でいるのが心地いい。それに小さいころから、無意識にどこにも行かないほうがパパエはうれしいのではないかと思っていた。ママエがいないから、いっしょに一人ぽっちでいようと、そう決めてしまったらしい。

話せば、ナオキは、「行っておいで」と言うに決まっている。ときどき「友だちと遊びには行かないのかい」とか、「パパエのことを心配することないんだよ。アリコがしたいようにしなさい」とか、口にする。アリコが友だちと遊ぶこともなく、いつも一人なのが気がかりなのだ。

だからナーダの誘いに乗るのはなんの問題もないのに、もし行くとしたら、行く先や、ナーダのことを少しは彼に話さなければならない。なぜかそれがためらわれる。

金曜日だけど、パパエはいつものように遅くまで仕事をするかな。だまって行っちゃってもいいかな。

アリコは行ったり来たり、相変わらずぐちぐち考える。でも、どこかで、自分はきっとナーダに会いに行くと、思っていた。不思議なことに、ナーダに会うことはずっと前から決まっていたことのような気さえする。

なにを着ていこうか……もうそんなことまで考えていた。どんな集まりなんだろう。フェイジョアーダを食べるだけ？　踊るのかなあ。アリコはお店で過激なドレスを選んでいたナーダを思い浮かべた。

いいや、わたしは、Tシャツで……にこにこマーク？　まさか……あっ、パパエに買ってもらった、日本の、「愛」っていう字が書いてある、あのシャツにしよう。ナーダのくるぶしにもあった、「愛」の字。「アイ」って発音するんだから、「アリコ」に似ている。もちろん意味は分かってる。

「アモーレ」

アリコはナーダのことが気になる。この頃、なにを考えても、あの赤毛の痩《や》せた女の子の姿が、頭から離れない。認めたくないと思ってるのに、一方では、追いかけたがっている。風向きが変わった。しかもアリコのほうで窓を開けて、その奇妙な風を入れようとしている。

第二章

その日、アリコはいつにもまして、無口で、学校に行くまで、なるべくナオキと目を合わせないようにした。そして、彼の帰宅前に、家を出た。

「おでかけかい」

一階にあるジュース屋のカリナが目を上げて言った。

（うん、ちょっと）

声を出さずに、アリコはうなずき、体を表の方にむけると、「ちょ、ちょっと」とカリナが手まねきする。近づくと、カウンターごしに、アリコのあごをひっぱって、ほおに唇を寄せた。

「いいね、楽しんでおいで」プチュ。

カリナは口を動かし、腰をゆすって、「キャキャ」と笑った。

「カリオカ、ボネキンニャ《お人形ちゃん》、アリコちびちゃん、オレオレオー」

その声を背中で聞くと、緊張していたアリコの顔にくすっと笑いが浮かび、バス停に向かって歩き出した。

ナーダの家まではバスを二度乗り換えなければならない。ちょうど仕事帰りの人たちで、車中は混んでいた。リオのバスはいつも窓が開いている。それでも人の汗で中はむっとして空気が濁っていた。

バスを降りて、アリコは立ちすくんだ。場末といっても比較的町の中心にあるアリコの家の周辺とはちがって、道沿いに、灰色に汚れた二階建ての長屋がゆがんで延びていた。

中には漆喰《しっくい》がはげて、下のレンガがむき出しになっている家もある。通りに面した窓はどれも頑丈そうな鉄格子でガードされ、それがかえって痛々しい。子どもが甲高い声を上げて走り、足元には擦り切れそうになったサッカーボールがいくつも転がる。伸びきったTシャツをだらんと着て、壁に寄りかかって、ぼーっとしている男の人もいる。

またおおきな布の包みを頭の上にのせて、巨大なお尻《しり》で器用にバランスをとりながら歩いている女の人もいる。巨大な耳の形をしてる公衆電話に体半分をつっこんで、なにが面白いのか「カッカッカカ」と盛大に笑っているおじさんもいる。かつては舗装されていたと思われる道から、土ぼこりがのぼって、あたりが粉っぽい。アリコは一時代前の町に降り立ったような気がした。

通りの名前をさがして歩いていくと、この町の古い地域にはよくある、正面に二段ほど階段があり、前面に曲線をもった、バロック風の建物が並んでいる道にはいった。壊れたところを適当に修理した壁やドアはバンドエイドで隠すように、ド派手な色のペンキで、塗られている。壁の落書きも、黒一色の殴り書きではなく、色が混じって絵のようなものに変わってきた。あたりの様子が奇妙な調和を見せはじめた。近頃若いアーティストたちが好んで住み始めたという噂の界隈《かいわい》らしい。

見上げると、遠くにこの町でも一番といってもいい大きな「ファベイラ・オンサ《豹》」が見える。雑多な家が山へ山へと駆けのぼるように続いていて、子どもが空中にいたずら書きでもしたみたいだ。町の人はファベイラというと顔をしかめるけど、これはこれで見事な眺めだとアリコは思った。

（イッペイの大きな木がある。だからすぐわかる）と、ナーダは書いてきた。

ほんと、すぐわかった。丁度いい具合に咲いている真っ黄色の花は前の通りを覆うように広がっていて、見上げると、花の隙間から暮れる前の澄んだ青い空を見せて、見事に美しい。

イッペイはブラジルでは人気の花で、その黄色は国旗の色と同じとか、サッカー選手のユニフォームの色とも同じと言われる。この花には数は少ないけど、紫色も、桃色もある。でもなんといっても黄色がいい。

ママエのことは全くといっていいほど話さないナオキが、アリコが小さいとき、公園の黄色いイッペイの花を見上げてつぶやいたことがあった。

「ママエはイッペイの花が好きでね。この花はブラジルの空の下じゃないと本当の色にならない、って言ってた。絵を描くのが好きだったからな」

「本当の色……」と言った。その時のナオキの声はとてもやさしくって、とても悲しそうだった。アリコは急に怖いような気持ちになって、小さい手で彼の足に抱きついたことを思い出す。

大きなイッペイの木のそばにうずくまるようにして、ナーダが住む、歪《ゆが》んで見えるほど傾いた三階建てのアパルタメントがあった。この町で木造の集合住宅というのは珍しい。アリコはこんな住居を見たことがなかった。古い絵本でも開いたような風景だ。イッペイの木を見守るために残された門番の家のようでもあった。昔はペンキで塗った白い壁だったのだろう。今はよごれてまだらな灰色。それもがさがさと傷がついている。入り口の郵便受けを見ると、一つだけ名前のないものが三階にあった。

「ここだ」

アリコは建物の真ん中にのびているギシギシ音のする階段をのぼりはじめた。両側にそれぞれ色の違うペンキで塗りたくったドアがある。風で落ちたのか、イッペイの花びらが階段の隅に散り積もっていた。アリコはそれを手ですくって、においをかいだ。

「アリコ」

上から声が飛んできた。見上げると、階段の隙間から、ナーダの顔がのぞいている。

「はやく、おいでよ」

アリコは駆け上がる。

ナーダの家のドアの色はペンキもまだらな真っ黄色だった。

「あたしんとこはね、イッペイの色にしたんだ。かわいいでしょ。色はなんていったって、あたし、この色が好き」

ナーダはドアの表面を手でなぞった。

「わたしもよ。大事な色なんだ。とくに理由はないんだけど」

「そう、あたしも。同じだわ。さ、入って」

ナーダはアリコを招き入れて、ドアを閉めた。中は一部屋だけ、がらんとして、なんにもない。あるのはぺろりと敷いた古い絨毯《じゅうたん》だけ。テーブルも、椅子も、ベッドもない。どこで寝るんだろう。この間買ったドレスはどこにしまってあるのだろう。ついたての向こうはキッチンか……フライパンのはじが見えた。普通女の子が持っているごちゃごちゃしたものがまったくない。

アリコは奇妙なその部屋について、なにか言おうとして、やめた。

ナーダはこの間のブティックで見たような派手な色のブラジャーとおそろいの長い腰布を巻いている。V字型に大きく開いた襟元から、胸はほんのはみ出す程度。開けてる割にはあまり大きくはない。

確か同じ年だっていってた……アリコは目を下に向け、Tシャツの下の自分の胸のことをちらりと思う。この頃、大きくなったと思ったけど、こっちも同じ、たかが知れていた。学校の友だちと比べたら、ふたりとも問題にならないぐらい、ま、ず、し、い。はだしの足が歩くたびに、ナーダの体が微妙に前後する。それにつれて腰の低いところで結んだ布のあいだから、太もものの裏がちらちらと白くのぞく。

「寝転がろうよ、アリコ」

ナーダは脂っけのない、ささくれた絨毯の上に、ごろんと横になった。

赤い髪が床で跳ねる。

「気持ちいいよ。掃除はしてるから、ご心配なく」

これが多分ベッドってことなんだ。

アリコはおそるおそるナーダのとなりに横になる。ナーダの手がすーっと寄ってきて、アリコの指を握った。

「うふふふ、仲良ししよう」

ナーダはアリコを見て、鼻にしわを寄せた。お返ししなくちゃ悪いかな……アリコはおずおずと握り返した。

「なんだかなつかしいね」

ナーダが言う。そう言われれば、そんな気もしてきた。こんなことしたことないのに違和感がない。不思議な感触だった。

「ふふふ」

奇妙な笑い顔をして、ナーダが体を寄せてくる。

これは困る。なんで、くっつくの……アリコは思わず腰をずらす。

「いいじゃないの、ねぇ」

格好に似合わず、ナーダの声は甘ったれてる。

「波、波、波が動いてるよ」

突然ナーダが指差した。

外のイッペイの木の影が天井に映って、揺れている。

「ここがあたしのあたしだけのプライヤ《ビーチ》。『イ、ッ、ペ、イの娘』くくく、なーんちゃって。水にね、体がねえ、やさしくつつまれてるような……。アリコもここをあんたのプライヤって思いな。ジーパン、ぐっとさげて、へそ出してごらん」

アリコは、思わずふっと笑ってしまう。両手の親指をつっこんで、腰ぴったりのパンツを少しさげる。

「へ、かわいい！　へそ、たて形だね。あたしと同じだ」

ナーダは人差し指でアリコのお腹をぎゅっと押した。

「痛い！」

アリコは手で払う。

「いいじゃない。痛くさせてよ」

「やだ。あなた、けんかをしたいの？」

アリコはジーパンをいそいでもとに戻した。

ナーダはすでにのぞいている自分のお腹をアリコのほうに向け、赤いマニキュアの指でさわった。

「にくらしいんだよ、ここが」

「どうして？」

「わかんないよ。かえるみたいにのっぺらぼーだったら、まだまし」

何言ってんだか、この人！

「意味不明！」

アリコは口のなかで呟《つぶや》いて、からまっている手をすっと抜いた。

ナーダはアリコの声を敏感に聞きとって、「意味不明か……」と、約束を破られた子どもみたいに、すねた顔をして、くるっと向こうを向いた。

「あたしね、あんたのことずっと知ってたよ」

「えー、ほんと？　まさか。それって、変な趣味！」

「趣味か……ただ、見ていたかったのさ。あんたって、いっつも真っすぐ前を見て、でもなんにも見ていないようでさ。さっさと歩いているくせに、でも元気なさっさではなくて、自信のないさっさでさ。そういうのっていらいらする」

「……」

アリコはむかっとする。余計なお世話だ。

ナーダは黙ってしまったアリコを無視して、言い続ける。

「気になってるのよ、この闇夜みたいな青黒い目と、黒い髪のおじょうちゃんがね。どんな大人になるのかなって。そう、変な趣味。ストーカーしてた。なんちゃって……」

どうぞ、勝手にやってよ。わたしには関係ないわ。

アリコはむっと口をへの字にしたまま横を向いた。

すーすー――。

窓からイッペイの枝の揺れる音が聞こえてきた。

ナーダはうつぶせになり、顔をアリコに向けた。

「ね、あれ、波の音よ。あんたも、ほら、こうして……、あたしの海に入っておいでよ」

口をゆがめて、にっと笑いながら、足をのばして、アリコに絡み付こうとする。

アリコはナーダを無視して、体を動かそうともしない。

「なに、すねてんのよ。さ、いっちょ、波乗りでもしようよ……イッペイの花の海……気取って泳ぐの、ふふふ」

ナーダは両手を頭の上の方に伸ばした。

「わたし、泳げないもん」

アリコはそっけなく言う。

「泳げないカリオカなんて、かわいくなーい女の子と同じだよ」

そう、そのとおり。言われなくたって自覚している。

花の揺らめきに合わせて、ナーダは伸ばした手をぱたぱた動かす。アリコは仕方なく体をごろりと回した。

「今日は小枝の波はしずかですねえ、くくく」

しゃがれたナーダの笑い声。でも妙に子どもっぽい言い方だった。それっきり沈黙。奇妙な沈黙。アリコはほっぺたを床につけて、そっとナーダのほうを見る。

緑の目の中で、イッペイの影が揺れている。

「きれいね、目の色」

アリコは心底そう思い、思わず口を開く。この無遠慮な女の、目の色だけは参ってしまう。

「そう。あたしもこっちのほうはきれいだと思うわよ」

ナーダは右の濃い翡翠《ひすい》色の目を指差した。

アリコはいった。

「両方、きれいだわ！」

「あんがと！　自分で作ったわけじゃないけどね。生まれたまんまだから、汚れてないんだねって、そうみんなにも言われる。汚れてないって言われてもねえ、まあ、この世じゃ、汚れようがないわけでさ」

「この世？」

アリコが眉《まゆ》をひそめる。

「そう、この世でしょ、ここは。あたし、性格は悪いけどね、それは承知してるよ、うふふ。でもこっちの薄いほうの目は生まれたとき、なにかで事故ってさ、色が抜けちゃったみたいで、見えなくなったようなんだ。でも見えないっていっても、そうじゃなくて見えるものが違うだけなのよ。こっちでね、あんたを見てたのかも」

一瞬、アリコの周りの景色が歪《ゆが》んで、空気がぬめりと生温かく変わった。アリコは手の平で、ゆかを触った。固い。揺れてはいない。

「アリコの目もいい色してる。あたしのとはまったく真逆だけど。でも好きよ、その色、とっても好き。どういったらいいかなあ……そう、晴れた日の夜の闇の色。どこまで行っても透明な夜の空の色。ちょうど今夜みたいな。髪も黒いけど、目とは全く違う黒で、いわばあまい黒っていうの、それもいいんだよね。あんたって、贅沢《ぜいたく》、にくらしいぐらい」

しつっこいなあ。なにを言いたいのよ。わざとなぞっぽくして……もったいぶって。ナーダの言葉のはしばしがアリコには、気持ちが悪い。このやわらかく攻め込んでくるような言い方はなんなんだろう。

「ただめずらしいだけよ。もういいよ、わたしのことは。ほめられるなんて、気持ち悪い」

つっけんどんに答える。

「ほら、また、これだよ。すぐ引っ込もうとする」

「だって、本当にそうだもん」

「やめなさいよ。アリコは美しいんだから、自信もっていいのよ。もっと堂々と外に出なきゃ。出られるんだから、出なさいよ。お願い、やって見せてよ、陽気なカリオカ娘を、思いっきり」

　ナーダはいきなりアリコの胸を広げようとした。

「このシャツの日本語、アモーレでしょ」

「やだ、やめて！」

　アリコはじゃけんにその手をはらいのけて、胸を隠した。

「こんなイッペイの海じゃなくてさ、イパネマのプライヤで、ぴっかぴかのお日さまの中で、アモーレ、アモーレって、さわぎなさいよ。かわいこちゃん、うらやましいよ」

「うらやましい？　なにいってるの。あなたはもうたっぷり楽しんでるじゃないの。充分すぎるぐらい飛んでるカリオカ娘やってるくせに。わたしをからかうのはやめてよ」

　アリコの声がとんがってきた。

「アリコ、あんたはどんな暮らしをしてるの？」

　ナーダが突然話題を変えた。

「知ってるんでしょ。わたしのことストーカーしてたって言ったじゃない」

「でも知りたい。気持ちの中をね」

「話すようなことはなにもないわ」

　アリコは目をぐっと真ん中に寄せて、ナーダを見つめると、

「わたしはね、遠慮の中で、生きてるの」と続けた。

「またどうして？」

「あなたと、同じ。ナーダだからよ」

とたんにナーダの顔色が変わった。

「それはない」

「どうして、ナーダって名前、わたし、気にいったのよ。いただいちゃおうかな。わたしにぴったりだと思った。うす暗ーくて、何もない人なのよ。反対にあなたは自由で、陽気なナーダ」

「なに、それ！　ひねくれてる！」

ナーダはアリコをにらみつけた。

「ほんとです。わたしなんて、いるんだか、いないんだか、そんな子なの、いないと同じ」

「あんた、そんな捨てたような言い方やめな。絶対叶《かな》わないとわかっていても、望みを持っちゃう人もいるのよ。持っちゃう人も」

ナーダは鋭い視線を向けながら、何気なさそうに、またアリコの指を握る。

「ひきこもりやっていてもさ、一日、シーツかぶって寝てる訳でもないでしょ」

声の調子がすこし柔らかくなっている。

「まあね。大体はぼーっとしてるけど、楽しいことはあきらめてるのよ。でもたまにはやるよ、一人遊びぐらいは。絵描いたり、本読んだり。サンバ一人で聞いたり」

「聞く、ふん。サンバ・ムジカを？　あれをじっと家にこもって聞いてるだけ？　じっと？」

ナーダはゴロンと体をまわして、あきれたように両手をひろげた。

「それでいいの。わたし、違う人になりたいって、気持ちはあるけどさ、でもなれないから、しょうがない。暗いとこにじっとしているぬいぐるみ、それがわたし。でもパパエはね、手先が器用なんだ。ママエはどんな人だか知らないの。血がつながっているっていってもさ、記憶にないのよ。だからわたしも半分ナーダ、半分はなんにもないってこと」

「やめなさい。そんな言い方」

「じゃ、あなたはどうしてナーダなのよ。なんでも持ってるくせに。それって、自慢？」

アリコも体を天井にむけて、憎まれ口をきいた。

「まあね。せいぜいの自慢かな。あんた、もっと悪い子になってみたら」

「悪い子？」

ナーダのことばが急に変わる。

「そう、悪い子は自分でなるんだよ。いい子はみんながならせてくれるから、だまっているか、『はい』っておとなしく返事してりゃいいけど」

「もうなってるわ」

「いや、ぜんぜん。あたしが教えてあげるよ」

ナーダがじっとアリコを見た。

アリコはきゅうに不安になり、「別に……いいよ」と口の中でつぶやいた。

キンコン
ドアベルが鳴った。

ナーダが立ち上がって、開ける。

「ボア・ノイチ《こんばんは》！　おくれてごめん。このおくれぐせ、ブラジルじーん!!」とにぎやかな声がする。

細く三つ編みにした何本もの黒い髪の毛をゆらしながら、体にピッチリとした、タイツの足の男の人が入ってくると、いきなりナーダを抱いて、ほっぺたに唇をつける。吸う音が二回、三回。

「チコチコ、やめて、ふざけないでよ」

ナーダは苦笑いしながら、体を引っこめる。

「紹介するね。この人、チコチコ。呼び名よ。あだ名かな……あたしの一人のひとり」

ナーダが得意そうにきゅっと肩をすぼめた。

（なに？　一人のひとりって……また、なぞ！）

アリコは急にこの集まりがややこしいものに思えてきた。

こんなふうな調子のやりとりをしなけりゃならない集まりなんて……。

「この子は、アリコ。あたしと同い年よ。かわいいから、そうはみえないでしょ。でもながーいおなじみさんなんだ、実は」

ナーダは続けて言った。

ながーい……おなじみさん？　実は……、なに、それ！

一言一言がアリコには引っかかる。このずかずか遠慮のない人と、おなじみっていわれるほどの付き合いはないのに。

「アリコ、会えてうれしいよ」

チコチコが言った。

チコチコはムラトと呼ばれる、混血の青年だった。

この国では、黒人と白人、その他、人種の血の交わりかたによって、しばしば驚くほど美しい人たちが生まれる。世界的にも有名なブラジルの美女、美男は、この種の人たちが大方占めているといってもいい。そのなかでもチコチコは飛びぬけて美しいとアリコは思った。肌がマホガニー色に光って、体のしなやかさといい、それに黒い目のダイヤモンドのような輝きといい、抜けるような白い歯、それをかこむほどよい厚さの唇、申し分ない。

「チコチコって名前、あたしがつけたのよ。この人、ダンサーなの。今にブロードウェイで踊るようになるわ、ノバヨーク《ニューヨーク》のよ。きっとそうなる。まだこれからの人だけどね。

あたしはね、これからの人としか付き合わないんだ。これからがない可哀相な人だっているもんね」

「ひゃー、光栄でーす」

チコチコは舞台の上でするように、腰を低くかがめたおじぎをした。

「あたしの予想はなぜかたいてい当たるのよ。悔しいけど人のことはね」

ナーダが下唇をかんだ。

「アリコ、あんたも、これからの人よ！　望みは大きくね」

アリコはどきっとする。自分のこれからなんて、想像も出来ない。

「ねえ、ナーダはどんな人？　これからの人じゃないの？」

「もちろんよ……まけたくない」

きつい声の答えが返ってきた。

「どんなこれからなの？」

「そりゃ、がんがんのカリオカ娘よ。ちゃかっちゃかのガロッタよ。リオのお日さまにあたって、つやつやのチョコレートになってさ」

ナーダは、ひゅんと肩をもちあげて笑って見せた。

「ねえ、チコチコ、踊ろうよ」

ナーダはチコチコの手を取る。チコチコが足で床を鳴らしながら、歌い出す。

カリオカ　燃えるガロッタ
コパカバーナを　ダンサ　ダンサ　ダンサ
だれかが　ささやく「わたしの　ケリーダ《いいひと》」
コパカバーナを　ダンサ　ダンサ　ダンサ

陽気な二人、踊りながら目をきょろきょろさせて、おどけて見せる。

白いはだしと、茶色いはだし、足が見えないほどはやく、ステップをふむ。

「アリコ、あんたも、ほらほらほら」

ナーダが指で呼ぶ。

アリコはすわったまま、でも体が自然と動き始めた。

どすどすと足音がして、またドアが勢いよく開けられた。

「アロ〜〜ウ《こんにちは》」

泳ぐように姿を現したのは、奇妙な格好をした男。身にまとっているのは、細かい日本の文字が模様になっていて、紙のようにうすく、よれよれしわしわしている布。細いロープで腰のところをしばっている。その下ははだけて、毛むくじゃらのすねが見える。そして足にスニーカー。

　これは確か日本の浴衣《ゆかた》という服。アリコはパパエのタンスのなかでいつか見たことがあった。ナオキは一度も着たことはなかったけど。

「ブシドウ!」

彼は勢いよく腰のロープに差したおもちゃみたいな木製の刀を、抜いて切りつけるまねをする。

「クロサワ」

「ミフネ」

「ヨウジンボーウ」

次々に日本の映画のなかの名前が飛び出す。

「デューク、落ち着いて。男ってだれもかれもサムライになりたいのね、いやーね、単純。アリコ、あんたのパパエはどう？」

ナーダは言った。

「聞いたことないけど、でも日本人だから、きっとサムライ好き……だと思うよ」

日本人と言えばサムライと、口にする人は多い。でもずっとふたりで暮らしてきたのに、ナオキからそんな言葉を聞いたことがない。アリコは日本のことはほとんど知らないし、今まで知りたいと思ったこともなかった。日本語もまあまあしか話せない。

「デューク、紹介するね。この子がアリコよ。あなたの好きな日本人……でもポルトガル人とのハーフだけどね。ほら見てよ、この目。オリエンテでしょ」

デュークの動きがぱたりと止まり、アリコの顔をのぞき込む。

「うん」

彼はまじまじとアリコを見つめる。そしてまた、「うーん」とうなずく。

「アリコ、君のパパエは、剣道する？」

デュークが聞いた。

「ううん」

アリコはすまなそうに首をふる。

「合気道は？」

体をのりだす。

アリコはまた首をふる。

「デュークは、絵描きよ。面白い絵を描くの」

「どんな？」

「おかしいんだ。絵と絵のあいだを日本の着物を着るとき使う紐《ひも》で結ぶの。日本とお手手つなぎたいのよ」

「知ってるわ、その紐のこと、帯締めっていうのよ」

「仲良くしたくてしょうがないのね。あたしにはいいとも思えないけどな。甘ったれてるみたいでさ」

「だって……おれ、仲良くしたーい！　させて下さい！」

デュークはおどけておおきく口を開けた。でもその目はまじまじとアリコを見つめて動かない。

アリコは何気なさそうに目をそらした。

この人も、ナーダのこれからの人なのかなあ。でも、これからがある人にはどうも見えない。髪の毛もよれよれ、着てるものもよれよれ、ひげも統一なく伸びてる。

ドアがまた開く。

「ボア・ノイチ」

背の低い、小太りの男が入ってきた。麻のスーツを着て、この町ではあまり見られないネクタイに、黒革の四角いバッグと小造りの花束を抱えている。

「ああ、ヴァルガスさん」

ナーダがいつになくおとなしい声で言った。

「お招きありがとう。ナーダのお誘いだもの喜んで……」

ヴァルガスと呼ばれた人は花束を差し出し、品よく笑った。

「ありがと」

ナーダは受け取りながら、ちらっと彼の後ろに立っている少年をのぞいて、

「アラン、今日はおとなしいのね」と言った。

その子はブロンドの毛、青い瞳《ひとみ》、白い肌、ブラジルではめずらしい北欧系の顔だった。

「うん、ちょっと気取ってる」

少年は首をすくめて見せた。

「アリコ、紹介するね。この紳士は、ジョアキーン・ヴァルガスさん。でもあたしたち

は友だちだから遠慮なしでジョーって呼んでるの。ねえ、ジョー、今日は新人が来てるのよ。この子、アリコちゃん。あたしと同い年の……」

ジョーと呼ばれた人は、ポルトガル系……でも東洋の血が混じっているようにも見える。顔がおおきく、角ばっている。年は三十二、三か、ここにいる中ではずっと年上だ。

アリコは立ち上がって、手を出した。

「ああ、うわさのアリコちゃんですね。はじめまして」

握り返してきた手はぷよぷよと柔らかかった。

うわさって、なに……。アリコは眉《まゆ》をひそめてナーダを見る。

「この子は……アランです」

ジョーは一緒に来た少年を前に押し出した。

「ジョーはね、ビジネスマンなんだけど映画監督なの。リオじゃ、ちょっと有名。お金持ちってことでも有名よ。コパカバーナにすごいホテルも持ってるの。あたしには似合わない豪華なお友だちなのよ、ね。アランはね、俳優……まだ卵。これから伸びるって、ジョーが楽しみにしてるの。これからの人ってことなのね」

「はじめまして」

アリコは口をちいさく動かした。

ダンサーに、絵描き、俳優。すべてこれからの人……それにお金持ちの映画監督も……やっぱりこれからの人なのかな。

風変わりな集まりだ。アリコのまわりには絶対いない人たちだった。

「いいよね、これからがある人は……」

ナーダがうらやましそうにため息をつく。

「なに言ってるんだよ。ナーダにそうはいわれたくない」

ジョーは言って、太い腰をふって踊りのしぐさをした。

「ええ、もちろん、あたしもこれからの人よ。でもこれからって、いつからかなあ」

「ナーダって、ときどきおかしなこと言うよね」とチコチコ。

「いつって？　もう始まってるんだよ、ナーダ」

とデューク。

「じゃあそういうことにして、みんなも頑張りなさいよ」

「やだ、お説教？　ナーダ、今日は変だよ」

チコチコが言った。

「いつもだよ」

アランがつぶやく。

ナーダは反論をしないで、あごを突き出した。

「ごちそう、さあ作りましょうかね」

チコチコが台所に入っていった。鍋《なべ》をあける音がして、

「あら、もう出来てるじゃないの。ナーダ、缶詰でもあけたの？」と驚いた声が聞こえ

てきた。

「缶詰じゃないわ。あたしが初めっからちゃんと作ったのよ。アリコに食べさせたかったから」

「おお、そうか。それって、あやしい関係？」

デュークのからかうような声が聞こえてきた。

「うるさい」

ナーダのしゃがれ声が低く響く。

ナーダはアリコのそばに寄ってきて、くすっと首をすくめ、その耳にささやいた。

「あの映画監督はね、一つも映画作ったことないのよ」

「だって、有名だって……」

アリコも声を低めている。

「それは本当。映画見てさ、悪口ばっかり言ってさ。作った気分になってるのよ。いつか……いつか……ってね。いつかって、いいよね。いつかが今っていうんじゃ、退屈だもの。でもね、ジョーは、目は確かだから。ほら、あたしのみたいにあちこちしちゃってる目じゃないから。彼が言うこと、鋭いのよ。それに加えてものすごーいお金持ちでしょ、だからもう作品できちゃったみたいにみんな思っちゃって」

「はやく映画作って、ぼくをスターにしてください」

アランが体をくねらして、手をぶらんと動かした。

「いいか、ブラジルは未来の国なんだ。これから、これからだよ。みなのもの、勇気を持ちたまえ。でもな永遠に未来の国かもしれないけど。でも、未来はいい。これは僕のコマーシャルだけど……」デュークが口をはさむ。

「永遠に未来のほうが政府や金持ちにはいいよね。でもこの頃じゃ、未来がなくて、今ばかり」

ジョーが声を低めて言った。

トントン。

小さくドアをたたく音がする。

「あれ、だれかたたいてるよ」

デュークが言った。

「あ、ジットだわ」

ナーダがぴょんと勢いよく立ち上がって、ドアを開けた。

「きた、きた、待ってましたよう」

ナーダはしゃがれ声で言って、両手をひろげて、入ってきた赤毛の男に抱きついた。

「え、ジットだって。本当にあいつなのか？」

ジョーがこわばった声で言った。

「みたいだね」とアラン。

その声をすりぬけるように、ぬーっと一人の青年が入ってきた。

だまって、首をそれぞれに振ってあいさつする。それを見上げるみんなの目はこれ以上ないというように見開いて、顔の動きが止まっている。

「やだなあ、気楽にしてよ。おれだよ、おれだって」

彼はふざけたような高い声を出して言った。それから首をかしげて一通り見回すと、アリコのところで目が止まった。空色の美しい目が義眼のように動かなくなった。

「どうしたんだい、その髪の色」

ジョーが言った。

「あたしがね、染めさせた。おそろいにしよって、無理やり」

ナーダがはずんだ声で言った。

ジットと呼ばれた青年は、いやなのか、いやじゃないのか、手をあげて無造作に赤い毛をきゅうと引っ張った。

「あんた、人の言うなりになったの？　珍しいこと！」

チコチコが半分からかうように言う。

「ナーダは仲間がほしいんだよね。だから付き合い、付き合いさ。でもおれは引っ張り込まれたんじゃないよ。赤毛のクレイジーって、どんな気持ちかなってさ、試したのさ」

ジットは下唇をつき出して、肩をすくめた。

「それで、ご感想は？」

アランが聞いた。

「どってことない。ちょっぴり乱暴したくなっただけさ。四十五階から飛び降りたくなるようなね。へへへ、でもいいことありそな気もしてるよ」

「おまえ、やらなかったのかよ」

デュークが言った。

「まあな、途中でやめた」

「途中？」

「そう、進路を変更して、着地した、なんちゃって。くるりとまわって猫の目だよ」

「ふん。馬鹿言って」

ナーダが音を立てて鼻から息を吹き出した。

アリコはなんのことかさっぱり分からない。ぽつんと離れたところに押しやられたような気分だった。

「アリコ、飲む？」

チコチコがコップにレモンジュースを注《つ》ぎながら言った。

「お酒もあるよ」

アリコはだまって、肩をすぼめた。

「そうか、まだ子どもなんだもんな」

見た目にはごちゃごちゃした人たちなのに、意外と整然とお皿が運ばれてきた。それぞれ好きなところに座りこんで、食べ始める。緑のクリスタルの皿のはじがライトに当たってぴかーっと光り、なかに、黒々とした黒豆のフェイジョアーダとトマトを入れて炊いたほんのりオレンジ色のライスが載っている。はじっこには炒《いた》めた付け合わせの緑の菜っ葉。

「あっ、ブタちゃんの鼻が入ってる。よし、あたりだ！」

デュークが吠《ほ》えるように言う。

「鼻毛がのこっているよ、ラッキーよ」

チコチコがフォークで、豆を押しつぶし、ライスと混ぜている。

「おれ、その鼻毛のほうは勘弁してほしいけど、ぷりぷりした鼻はだーい好き！　肌にいいんだから、めっぽう」

アランが横からフォークをさして、横取りする。

「ジット、あんたも食べるでしょ？」

ナーダが言った。

「どうでもいいや」

ジットはそばの壁に背中をくたーっともたせて立っている。

「どっちなの。食べるの、食べないの」

「後でいいや」

ジットはかすかに頭をふると、まだアリコを見ている。

「あ、そうだ。ジット、その子、新人さんよ。アリコっていうの。あたしと同い年」

「ふーん、同い年か……」

ジットはうなずいてつぶやいた。

アリコはさっきから自分に向けられ、止まったままのジットの視線がまぶしくて、思わず顔に手をかざし、すいっと横を向いた。

ジットが現れてから、ナーダの態度が微妙に変わりだした。さっと立って近づくと、ジットの髪の毛をぎゅっと引っ張って、「似合うよ」と大げさに笑ったり、前を通りながらさっとジットのほっぺたに唇をつけたりする。

「やめろよ」

ジットが乱暴に顔をそむけた。

「もてもてでよ、いい気になってると、今に復讐《ふくしゅう》されるよ」

ナーダは突っかかるように言った。

「復讐？　おれ、そういうのだーい好き、大歓迎」

ジットは大げさに手をたたいた。

「なんだよ。二人とも、猫のけんかみたいに、爪立てて」

チコチコが素知らぬ顔で二人の間に入ると、左手のフォークをお皿のはじにチカチカとあてて、リズムをとって、足を踊らせて歌い出した。

「お皿の中のブタさんも大変だね。チカ、チ、チ、塩漬けにされて、塩抜きされて、豆といっしょに、煮込まれて。チチ、チカ、ブラジル人は、なぜか塩漬け塩抜きがお好きだね。チカ、チ、チ、バカリャウ《タラ》も塩漬けして、また抜く。無駄手間かけて、つけたり、ぬいたり、ご苦労さん、チ、チ、チ」

「あたしの味、どう？　アラン」とナーダはすぐ元に戻って、普通に声をかけた。

「なにが？」

「もちろん、あたしお手製のフェイジョアーダよ」

ナーダはまだ一口も食べずに、握ったコップをちょっと上げた。

「意外にもうまいよ」

デュークが言った。

「だけど、めずらしいね。ナーダが料理するなんて。いつのまにか習っていたんだね」

ジョーが言う。

「ママエにおそわったの。ちゃんとね」

「ナーダのママエ？　いるんだ。そんな話、初めて聞いたよ。生まれて、ちょっとで別れ別れって言ってたじゃん」

「お腹にいたとき教わったんだもんね、これって当然のことでしょ」

ナーダはふんという調子で、放り投げるように言った。

アリコはそんなナーダをじっと見た。

ママエに教えてもらったなんて……そういえるナーダがうらやましい。

「アリコ、あんたもフェイジョアーダを作れる？」

ナーダがアリコを見る。

「出来ないの。食べたい時は缶詰、買ってきちゃう。作りかた知らないんだもの」

「アリコはまだかちんかちんの塩漬けのブタちゃん状態だもんね。そろそろ塩ぬきの頃だよ」とデュークがからかう。

「やってごらん。出来るよ」とナーダが続ける。

「わたし、教わったことないし。ママエはいないし……パパエは日本人だし」

「アリコが作れば、ママエの味になるよ。ママエを知らなくったって、その味になる。アリコはそうやってすぐ後ずさりしちゃうんだから。人生、もっとやるべきよ」

ナーダはそう言うと、気分を変えるように、しゃがれ声を一段と高くした。

「みなさん、この豆、くやしそーうな顔してるとおもわない。ご存じだと思うけど、フェイジョアーダはね、ご領主さまが食べないで捨てちゃうブタのはじっこ、足やら、鼻やら、耳やらを、奴隷たちが塩漬けにして、取っておいて、安い豆と煮たのが始まりでしょ。だからね悔しい気持ちがちょびっと味にあるのよ。そこがいいのよね。ははは—、あたしにもね、奴隷の哀しみがあるのよ。だからあたしが作るのはおいしいでしょ。悔しさ、悲しさは味になる……なんちゃって」

「よくいうよ。ナーダがさ。勝手気ままなおじょーちゃんがさ」とデューク。

「すいませんね。愚痴ってさ」

「今日のナーダはなんかおかしいな」

ジョーが真面目な顔でつぶやいた。

「さ、アフター・ディナー・タイムにしようよ」

チコチコが立ち上がった。

「ここじゃ、アルコールなしだったな」

ジョーが不満そうに言う。

「小鳥にアルコールのますと、一気に大人になっちゃう。それってもったいないよね。あたしはね、このドラキュラ・ジュース、怖いやつってわけ」

ナーダは真っ赤な柘榴《ざくろ》のジュースをコップに注ぐと、ぐっと持ち上げた。

チコチコは立ち上がり、おおかた食べ終わった皿を運ぶと、部屋のあちこちにローソクを立てて、火を灯《とも》し、電気を消した。それぞれの手のなかにあるクリスタルグラスがゆらゆらと焔《ほのお》をうつす。壁にみんなの影が大きく伸び、揺れている。

アリコはどうもキャンドルの焔が好きになれない。人はゆらめく焔に気が休まるという。でも同時に影がうまれ、大きく立ち上がる。アリコはそこに不安の種が隠れているように思ってしまうのだ。焔が細い手をするすると伸ばして、暗闇に引き込もうとする。なにかが起きそう。きっと起きる、アリコをめざして怖いことが……。ローソクはそんな不安をさそうように動くのだ。その焔が、ジットの目のなかで揺れている。その目はさっきからアリコを見て動かない。

「ナーダ、アリコとどんな映画、見たの？」

ジョーが聞いた。

「なんだっけ……」

ナーダはちらりとアリコを見て、「忘れちゃったね」と言いながら、グラスに口をつけた。

「一日三本も見てりゃ忘れるよな」とチコチコ。

「他に目的があるんじゃないの？」

アランが言った。

「ナーダは暗がりが好きなんだもんね。お日さまに見せるのは、影だけっていう」

チコチコがわざと恐ろしげな声を出す。

「にゃー」

するどい声がして、どこからか猫が出てきた。

「おや、ゴマちゃんのお帰りだ」

ナーダは足の先だけ白い黒猫を抱き上げ、「今夜はなにしてきたの？　不良ちゃん」と言いながら、高く持ち上げて、「ほれ、これがあたしよ」と、また変なことを言う。

「見て、同じ目でしょ」

ゴマもナーダの言ってることがわかるように、目を閉じてから、はっきりと開けて見せた。赤い舌が口のはじから生意気そうにちらりとのぞく。本当、目の色がナーダと同じ。一つは翡翠《ひすい》色、もう一つは透明な水色。

「いいこちゃん、ゴマちゃん」

ナーダは猫の耳に唇をとがらせて寄せ、「うーぱっ」と音を立てて触れる。

「この子もどうやらこっちの薄いほうが弱いらしいの。アリコ、あんたにはこういうところがないよね。完全、まるごと、上出来だから」

ナーダは言った。

それって皮肉？　わたしは、ねじまがった不思議だらけよ、と言葉に出さずにアリコは言い返していた。

「ゴマ、今夜のお月さまはどうですか？　真っ赤な血の色だったでしょ。このジュースみたいに」

「ほら、はじまったぜ、闇夜が好きな、ナーダのホラー生活」

「見てよ、赤毛を逆立ててる。メデューサみたい。怖いよ、近寄ると食われる」

「やめてよ。これでもおしゃれのつもりなんだから」

ナーダは猫をぽいっと放して、指に髪の毛をからませ、「ねっ」とジットを見た。

ジットはそれをよけるようにふっと顔をそむけた。

「おれたち、ナーダにすっかり引きずり込まれて、闇の仲間さ。だんだん影が濃くなって、実体は薄くなる。アリコも、用心しなよ」

デュークが言った。口調は冗談のようで、目は真剣にナーダをさしている。

「アリコは別。ぜったい別だからね。あたしとは違う。この子は光に包まれた子なの。そうなのよ」

ナーダはやけに強い調子で言い、グラスを持った手を大きく振り動かした。なかのジュースが飛び散った。

ほんとに嫌味ばかり……。

アリコはじろりとナーダを見た。

「代わってほしいよ、あたしと代わってくれる？　アリコ」

ナーダはアリコににじり寄っていった。

このわたしと代わるなんて、悲劇もいいとこよ。知らないって、無邪気でいいね。

アリコは無言の言葉を飛ばす。

ナーダは「世界の始まりへの旅」という映画のタイトルを忘れたって言った。嘘だとアリコは思う。だったら、パーティーに自分を誘ったりしないだろう。

アリコはこんな人たちと一緒にいて、ナーダには嫌味を言われるのに、自分がどこかでわくわくしているのが不思議でならない。いつもは一人になりたくって、人から逃げるようにしてるのに。そして部屋にこもって、十三の時にパパエ、ナオキに買ってもらったラジオでムジカを聞いたり、ベッドに寄りかかって、ミステリーを読むか、愛用のノートにいたずら書きをするのが、時間の過ごし方、それが全部といっていい。いつも一人。でも、サンバは好きだ。この単純なリズムが地面の底深くから、だれかが自分に合図を送ってくれてるように感じるのだ。

「セミよ歌え
セミよ歌え
短い季節を
セミよ　歌え
永遠の愛を〰〰」

ジュース屋のカリナがいつか低い声で歌っていた。気持ちを抑えるようなメロディー。陽気にしているようだけど、どこかさびしい。カリナの声はそう歌っていた。にぎやかな踊りの歌、サンバマルシェにしても同じように感じられる。みんな体を動かして、激しく踊っているけど、歌の底の底には見えない闇のようなものがながれていて、そこから地鳴りのように悲しさが響いてくる。学校の友だちは、百パーセント踊りが好きで、普通に話すのも、口を二拍子に開け、歩くのももちろん二拍子できざむ。ボーイフレンドのことや、おしゃれのことを話すときだって、体は微妙に二拍子に揺れ、いつも陽気全開！　そう見える。強いブラジルの太陽をあびて、はじけるような子ばかり、そう見える。でも陽気な二拍子のむこうに、なにかが隠れている。

ひとりサンバを聞いているとアリコはつい涙ぐんでしまう。そんなとき、いろいろ事情はあっても、やっぱり自分はこの国の人なのだと思う。

「あのね、ナーダと知り合ったのは、『世界の始まりへの旅』っていう映画を見に行ったときなの。ポルトガルの北の方から始まる旅だっていうし、わたしのママエの生まれた国でもあるから、どんなとこかなって思って……」

アリコは思いきってジョーに話しかけた。

「ふーん、それで、アリコ、その映画、どう思ったの？」

「……」

一瞬言葉にならない。いきなり感想を聞かれるとは思ってなかった。こういうのってとっても弱い。

「アリコ、ジョーにはなに言ってもいいのよ。トンチンカンでも、アンチンカンでも。遠慮することないよ、これが一番」とナーダがかばうように言った。

「そう言われても……そうねえー、あの監督は、九十でしょ。わたしは、まだ十五でしょ。これ言いわけにはならないけど、あまりよくわからなかった。でも始まりへの旅だから、始まりへ戻るってわけだと思うんだけど……こんなの当たり前の感想よね」

アリコは遠慮しいしい、でも自分の気持ちを、アンチンカンに話してみた。

「でも、道を進んでたよね、映画では。戻ってなかったよね」

ジョーは言って、にっと笑った。なぞっぽい。

「うん、あの映画、後ずさりはしてなかった。そ、そう、行くってことは始まりに行くってことなんじゃないの。終わりは始まり」

ジットが急に話に入り込んできた。

「あんたも見たの？」

ナーダが鋭く聞く。

「ああ、ああいうのは逃さない」

ジットが言った。

アリコは混乱しながら、出会ったとき、ナーダが驚くほど早く道を遠ざかって行ったのを思い出していた。まるで目に見えない道の向こうからきゅっと引っ張られてでもいるようだった。

「『世界の始まりへの旅』ってさ、マルセル・プルーストの『失われた時を求めて』とどう違うんだろう」とデュークがつぶやく。「取り返しのつくこと、と、もう取り返しのつかないことっていうんじゃないの」とチコチコが口をはさむ。

ジットがいつの間にか床に座り込んでいる。でもその目は依然としてアリコにそそがれたままだ。アリコの体がだんだんと緊張してきた。それに目ざとく気づいたナーダが言った。

「ジットってね、ポロンに住んでるのよ」

「ほんと？」

アリコは聞いた。

ポロンというのは半地下の住居のこと。部屋の前にベランダほどの細い空き地があり、道の高さまで塀がそびえている。なかの住人が外を見ると、前の通りを歩く人の足だけしか見えない。もちろん裕福な人の住居ではない。そんな部屋にときどきものすごく美しい人が住んでいたりして、その人たちのことを「ポロンの姫君」と呼んだりする。

「さしずめジットはポロンの王子だね。なんであんなとこに住んでるの。おじいちゃんの遺産、たんまり持ってるっていうのにさ」

　アランが口を出す。

「そんなのねえよ」

　ジットはむっとして答える。

「あそこからの眺めは最高だよ。靴ばかり。いろいろな靴。いろいろな足。はだしもあるよ。ときどきナーダの透き通った足も見えるぞ。所詮《しょせん》人は靴ですよ」

「ご冗談を、このあたしが見えるわけないでしょ」

「へー、ナーダ、通ってるの？　ジットのところに、ワオ」

　ジョーが急にすっとんきょうな声を上げた。

「夜な夜な？」とチコチコ。

「それって、こえー」

　アランが大げさに身を縮める。

「まさか……馬鹿言わないでよ。ジットったら、うぬぼれ強すぎ」

　ナーダはじろっとジットをにらむ。でもジットはちゃんと会話に乗っていながら、まだアリコから目を離さない。アリコもその視線を全身で浴びて、身動きができない。

「ジット、どうしちゃったんだよ。いつものSF馬鹿話でもしてくれよ。乗り心地のいいカプセルの話をさ」

「……」ジットは答えない。体をアリコのほうに向けたまま、肩が突っ張っている。ナーダの顔がじわじわと表情を失っていった。どうも会話がスムースに運ばなくなった。

「あー、そろそろ、終わりにしようか」

デュークがそろっと腰を浮かした。

「うん、そう、そう」とジョーも言う。

急に空気が変わってしまった。

それっきりみんなはだまって、帰り支度を始めた。

「かたづけなくって、悪いね、ナーダ」

チコチコが言った。

ナーダは突っ立ったまま、返事もせずに震えた手で、スカートをぎゅっと握りしめている。

アリコはどうしていいかわからない。

「わたし、手伝おうか？」

「いいよ。ほっといて」

ナーダの翡翠《ひすい》色の目が光り出した。

「それじゃ、わたしも……」

アリコは気弱く言って立ち上がると、ナーダの肩におずおずと手を載せた。こんな気まずいことになってしまったのは、全部自分のせいかもしれない。なにか気に障ることでも言ってしまったかしら。やっぱり人とはうまく付き合えない。来なければよかった。

アリコは靴をつっかけたまま、ドアの外に出た。

「アリコ」

ナーダが鋭く呼んだ。それから飛びつくようにして、アリコの体に両手をまわすと、驚くほど力を込めて抱きしめ、耳元で囁《ささや》いた。

「アリコ、ジットに会っちゃだめ！」

それからナーダはぱっと体を放し、アリコの目の前でドアを勢いよく閉めた。

「えっ！」

アリコは驚いて声を上げる。でも言葉は口の中で止まってしまって、音にならない。

なぜ？

足がすくんで動かない。アリコのなかでわけのわからないものがぐるぐると回っている。いや、わけがわからなくはない……ナーダはジットが好きなのだ。

先に出たジョーたちの階段を降りる音が遠いところで響いていた。

第三章

肩に斜めにかけたカバンが腰にばたばたとぶつかるので、アリコは底に手をそえ、浮かすようにして足を速めた。いつものことだけど、早く学校から離れたい。だれかに声をかけられないうちに。

アリコはなぜか目立ってしまう自分の顔が好きになれない。だからといって、顔ばかりは取り替えることはできないからあきらめている。それなのに迷惑にも、みんなは「きれいだ」と言ってくれる。どこが……って、アリコは思う。日本人とポルトガル人とのハーフだから、どうしても肌の色が変わっているのだ。黒くもなく、白くもない。さりとて黄色くもない。人種のるつぼと言われているこのブラジルでも、珍しいのだろうか。いくらそっ気なくしても、お声がかかる。男の子たちはだれがこの愛想のないアリコと仲良くなれるかと、ひそかに様子を見ている節がある。その空気がアリコにはいやでたまらない。アントニオに学校の廊下の隅に追い詰められて、言い寄られたときは、こわくって泣いてしまった。それにおそれをなした男の子たちは、今ではあまりアリコに近寄らなくなった。アントニオが嫌いというのではない。それからもなにかというと自己主張の下手なアリコをかばってくれる。あんなひどい目にあわされたというのに、そのためにみんなに今でもときどき冷やかされるのに、顔が合うと、肩をすくめ、笑顔を見せる。アリコは、やさしく「ありがとう」と言えればいいのにと思う。でもそんなこと、気楽にできれば苦労はない。

好かれたり、褒められたりするのが辛《つら》いなんて、十五の女の子にしては、異常なことだ。友だちはみんな大人になりたがって、まるで背伸びするように、心をさわがせ、変化を求め、華やかな、にぎやかな毎日を待っている。

「あの子ったらさあ……」

「ねえ、聞きたい、彼ったらさあ……くくく」

ここぞと噂話が学校の廊下を走り、笑い声が噴き出す。

それがこの一年ほどで大方の者がケータイを持つようになると、それさえ聞こえなくなり、噂はアリコの知らないところで行き来するようになった。こんな周りの空気の変化にもアリコは気がついていない。

小さいときから初めて会う人はアリコに必ず聞いた。

「あんた、中国人？　それとも日本人？」

この国では出身国はあまり問題にならないと言われているけれど、それはうそ。悪気がなくても、出会いには必ず探りが入ったり、ずばりと聞いてくるのは普通のことだ。

そんなとき、アリコはぽきりと一言で答える。

「ブラジル人」

ここで生まれたのだから、当たり前のことだと思っている。ところがみんな一様に首をかしげて、ほんとう？って顔をする。

この国ではどんな顔をしてても、「ブラジル人」じゃないの。そういう国でしょって、だからこの国はみんな仲良くやっているって、いろんな国から認められてるんじゃないの。なんで朝の挨拶《あいさつ》みたいに同じことを繰り返すのだろう。

それから続けて、こんなことも言われる。

「あんたの目の色、めったにない色。それになかで光がふたつ光ってる。双子座みたいできれいね」

「ありがとう」

褒めてくれたらしいから、一応お礼は言ったけど、答えは、短く、短く。どうにも愛想が言えない。

だからなるべく町中では脇目も振らず真っすぐに歩くのが癖になっている。でも学校の帰りに、このボアシルバ通りに入ると、いつも少しとまどいがちになり、どうしても伏せていた目を斜め前方に向けてしまう。ここから三ブロック先に、パパエ、ナオキの店、「カーザ・メカニコ」があるのだ。家はその先をさらに三ブロック行ったところにある。

「たまにはパパエのところにお寄りよ。トントも、『アリコはどうしてる？』って、さびしがってるよ」

ナオキはときどきそう言う。でもこの頃のアリコはナオキやトントに会ってもなにを話していいかわからない。学校はどうかい？　と聞かれても、どうってことないし、友だちのことを聞かれても、話題にするような友だちもいない。

小さかった頃は学校が終わると、一直線に仕事するナオキのそばに行って、だまって絵を描いて過ごした。何枚も、何枚も。そして閉店の七時になると、時にはトントも一緒に、ナオキと手をつないで家に帰ったものだった。この父娘《おやこ》はあまり話すこともなく、顔を見合わせて、ほほ笑むだけ、小さい子がよくするように、大きく手を振ってふざけることもなかった。ナオキのほうも子どもをあやすのが苦手で、ふたりは毎日変わらずしずかに帰宅する。

一方、トントはアリコの絵を見て、大げさに両手を広げて「天才だ」と叫び、アリコを抱き上げ、ほっぺたに大きな音を立ててキスをした。ブラジル人はこの「天才」と、「百万長者」という言葉をよく使う。目一杯の表現が大好きなのだ。「ケ・ベレーザ《なんてすてきなの》」「ミーニャ・ケリーダ《わたしの大事な人》」と、目一杯の言葉を大きなジェスチャーと一緒に使う。最高の気持ちを、百パーセント表現するのにブラジル人は躊躇《ちゅうちょ》なんてしない。それは呼吸と同じぐらい、意識しないで出てくるこの国の人たちの言葉なのだ。アリコにはそれが出来ない。口にするとその反対のことが起きるような気がして、怖い。

小さなアリコはトントの言葉だけは、どんなことでも信じた。「もちろんそうよ、ね、わたし、天才！」って、自信を持ってうなずくことが出来た。

アリコが中学に入った頃から、ただでさえ少なかったアリコとナオキの会話はさらに少なくなっていった。無口がふたりそろったのだから、にぎやかになりようがないけれど。ただでさえ大きな表現をするこの町の人のなかで、ふたりの周りだけはいつも灰色にシーンとしていた。それに気がつくと、アリコは自分に原因があるのだと悲しくなる。「ナオキ、いいかげんに忘れるんだな。過ぎたことはこれからのこと。ブラジルはそういうとこさ」

この「過ぎたことはこれからのこと」という言葉はトントの口癖で、なにかというと歌うように口にする。

＊　＊

アリコの父親、ナオキは十九のとき、日本からブラジルにやってきた。その頃、日本は世界で一番と単純にうぬぼれて、だれもがもっと、もっとと上を目指して突っ走っていた。なんでも数で価値が決まった。人の能力も、稼ぐ金の額で評価され、そのためには有名大学へ入り、有名企業に就職することをだれしもが望み、それはごく普通の考えだった。ナオキはそういう社会のなかで、十八になっていた。

十五のときに父親が他界し、母親は父の弟と一緒に下町で残された小さな町工場を続けていた。暮らしもそこそこで、大学へ行けないわけではなかったが、本人は無理してでも日本の若者と同じ列に並ぶ気になれなかった。だからといって、違う道がそうあるわけでもない。あるとしたら暇があれば手伝っている、家業を継ぐことぐらいだ。小さな部品をなにに使われるかわからないまま、作る、そんな毎日が続くことになる。親も、古くからいる従業員たちも、当然のようにナオキが後を継ぐものと決めている節があった。でもナオキは自分の好みにこだわる人間だった。それも案外しつこく。どうでもいいやとは決して思えない。それなのになにがやりたいか、まだ見つけられずにいた。

高校のとき、トンカツ屋でアルバイトしたお金が多少あった。働いて稼いでも、使い道もなかったというのが、ラッキーにも貯まった理由だった。

ナオキは卒業を迎える年が明けた頃、ふっとどこかに行ってみようと思った。行くなら遠くがいい。ちょっと帰るなんて出来ないところ……そう一番遠いところはどこか……。それなら日本と真反対にあるブラジルがいいかもしれないと単純に思ったのだ。

ちょうど母親と共同経営者の叔父《おじ》との再婚話が持ち上がっていた。叔父はだいぶ前に離婚していて、ナオキより一歳年下の息子がいる。一家に年頃の息子がふたりというのもわずらわしい。居所を変えるにはいい頃合いに思えた。母親はのっけから反対した。でも働いてる母親は案外理解が早く、ナオキの気持ちが変わらないのを知ると、長くても期間は二年よ、二十一歳までには帰ってくるのよと許してくれた。

卒業式を終えるとすぐナオキはブラジルのリオ・デ・ジャネイロにやってきた。仕事を見つけて住むつもりならサンパウロがいいという人もいた。でも海岸の遊歩道が黒と白のダイナミックな波型模様なのを写真で見て、リオに決めた。ナオキはいつもこんな風に自分の好みで決めてしまう。そしてきっと良いことがあると単純に信じてしまう楽天的なところがあった。日系移民も沢山いるというから、滞在ビザも簡単に取れるだろう……こんな調子だった。

有名なミュージシャンの名前がついたアントニオ・カルロス・ジョビン国際空港に降り立ったときから、空気が違うと思った。どう違うか……まずにおいが違う。耳に入ってくる言葉はもちろん、町の騒音までがまったく違って聞こえてくる。不思議な国に降り立ったようで、ナオキはわくわくしていた。

空港の案内所で、下宿のような安宿を紹介してもらうと、いいも悪いもなく、しばらくはそこに滞在することにした。物価も安そうだし、贅沢《ぜいたく》しなければ持っているお金で当分は暮らしていけるだろう。不安に思ったらきりがない。第一帰りたくても帰りの旅費がないのだから、なるべく楽しく暮らしてみよう。

到着して五日目、ナオキはホテル近くの道を歩いていた。空が抜けるように青い。その明るさを受けているのに、両側に並ぶアパートの入り口や窓はどこもごつい鉄格子のようなものでガードされている。壁のいたるところに隙間のないほど落書きがあり、日本のそれとは比べようもないほど荒々しい。思った以上に用心して暮らさなければならない町のように見えた。さすがのナオキも緊張で歩く足が強張《こわば》ってくる。

道のずっと先のほうは急に細い坂道になり、上に行くに従って小さな家がごみのようにひしめいている。それは高く高くのび天空にできた町のようだった。一見してガイドブックには必ず書かれている貧しい人が集まっている、有名なリオのファベイラだとわかった。ひとりでなかに入るのは危険とも書かれていた。

その割にはそこから下りてくる人たちは、まるで踊っているように身軽に歩いてくる。ときどき知り合いなのか、声をかけ合ったり、抱き合ったり、冗談らしきことを言い合って笑ったり、表情が豊かだ。気がつくとその気軽な空気がナオキの体を包んでいた。いつの間にかするりと変わった音楽のなかにもぐり込んでいるようで、ここではなにも知らない分だけ、自分らしくいられるかもしれないと思った。

通りには十階ほどの灰色にくすんだコンクリートの建物が並んでいて、壁の表面がどこかしら欠けている。そんな建物の一階に、「カーザ・メカニコ」とペンキの文字が書かれている店があった。入国のとき、係官に職業を聞かれて、下手な英語をつなぎ合わせて、機械の部品を作っていたと答えたら、「じゃ、メカニコね」と言われた。ナオキはそれと同じ言葉が書かれているのにひかれて、ほこりだらけのガラス窓からなかをのぞいた。ひとりの老人が古いトースターを修理していた。周りはラジオや、電話機や、コンロやら、壊れた電気製品でいっぱいだった。いまどき、こんな古い電気器具を使っている人たちがいる。しかも直して使い続けようとしている。

ナオキの父親もいろいろなものをよく直していた。十歳の誕生日に、買ってもらった自転車も、直し直しして、もう何年乗っていただろう。音はうるさいけど、ずっと使い続け、家の壁に立てかけたままにして、出てきてしまった。この老人の適当に丸くなっている背中は十五歳のとき死んだ父親の背中にそっくりだった。ナオキは顔を近づけて、老人の手の動きをじっと見つめていた。

「おいで」

顔を上げ、ナオキと目が合うと、老人は手の平を上に向け、手前にくいっくいっと動かした。

「おはいりよ」

そう言っているようだった。ナオキが体を半分店に入れてのぞくと、老人は、「ジャ《日》ポ《本》ネー《人》ズかい、シネーズ《中国人》かい」と言った。

「ジャポネーズ」

ナオキは答える。だれでもわかる超簡単な言葉なのに、この国に来て初めて人と言葉が通じ合ったように思えてうれしくなった。

気がつくと、ナオキは店の椅子に老人と並んですわって、古い形のトランジスタラジオを直していた。

その日から異国での心もとなさもあって、しばしばこの「カーザ・メカニコ」に顔を出すようになり、やがて毎日のように通うようになっていた。どれもナオキには簡単に直せるものばかりだった。やがて働き分のお金を手渡され、ホテルは高いからと、小さな部屋も探してもらった。長く居る気になったら、そのうちに滞在許可の申請も出してくれるという。一ヵ月もたつと、ナオキはこの町でしばらく暮らしてみようかという気持ちになっていた。老人はみんなから、トントと呼ばれていた。

リオに来て、三月《みつき》ほどたつと、だいぶ慣れて、気持ちの余裕も持てるようになり、日曜日になると、ナオキはぶらぶらと町を歩くようになった。日曜日は店も閉まっているし、車も少ない。歩く人もゆっくりで、穏やかだ。でもナオキの行動範囲はいつもアパートの周辺ばかりだった。

その日は遅い朝食のあと、ナオキはふっと皆がよく口にするセントロというところに行ってみようかと思った。それがリオの古い町の中心部を指す言葉だということはわかっていた。絶えず風が吹いてくるプライヤのほうだと見当をつけて歩いているうちに、分厚い石の建物が混じる区域に入っていった。巨大な教会があった。大勢の人が日曜の礼拝に入っていく。なかにお祈りをしながら、膝《ひざ》で引きずるように歩いている人がいた。それを見ているうちに、神様はこの町の人に好かれているんだなと、ナオキは思った。彼の生家の近くには有名な八幡《はちまん》様があり、一応生まれたときお参りしたから氏子ということになっている。毎年、初詣《はつもうで》には母親と出かけていた。でも、神様との付き合いはそれぐらい。ここの人たちのような強いつながりはない。

見ていると、うれしくっても、驚いても、悲しくっても、また怒り狂っても、「オー・《おお、》メウ・デウス《神様》」とか、「ノッサ・《おお、》セニョーラ《マリア様》」とか神様の名前を口にするのはこの国の人の気持ちがここにつながっているのだと思えた。教会広場から、道を何本か入ったところに、照明で浮き上がっている、真四角なウインドウが目に入った。両側の高い建物の割には、狭いその通りには大きなヤシの木がそびえ、その下に重なるように低い並木もあって、この街には異質なほどほの暗く、そのなかでこの明かりは浮き立って見えた。

立ち止まりウインドウをのぞいたナオキの口から、「ふ～っ」と吹き出るように声が漏れた。目が大きく開いて、動かない。

そこに一枚の絵がかかっていた。がっちりとした木の額縁に囲まれた一メートル四方ほどのタイル絵で、十数センチ角の白地のタイルを並べた上に藍《あい》一色で古い石畳の道が描いてある。その道は手前は暗く、アーチ型の門を抜けると、はっきりと線をひいたような明るさに変わり、どこまでも続いているように見える。こちら側とむこう側の違いが際立っていた。

アーチ門にはオリーブの木が絡みつき、道に沿って、雑草が茂っている。タイル絵の地色は、かすかに肌色がかった白色で、光を抑えてなまめかしい。

なんて美しいのだろう、手で触れてみたい、ナオキはめまいを感じた。いままでごく普通の、どっちかといえば無粋な青年だと思っていた自分に驚くような気持ちが噴き上げてきた。

タイル絵は相当に古いものらしく、小さなひび割れもあり、欠けたところもある。そこに違うタイルをパズルのように埋めてある。そのちぐはぐさがかえってどこにもない不思議な世界を感じさせた。

ナオキはくっつかんばかりに顔を近づけ、手で無意識にガラスの表面をなでていた。

「ボニート！《きれいでしょ、》　ムイット、《ほんとに、》ムイット。《とっても》エステ・《これ、》アズレージョ・ポルトゲース《ポルトガルのタイルよ》」

すぐそばで声がする。

絵のなかのアーチの向こうから聞こえてきたようだった。

ナオキがはっと顔を上げると、ガラスに少女の顔が映っている。あわてて横を向くと、今見たタイルのようななめらかな白い顔が首をかしげて、ナオキにほほ笑んでいた。いわゆる赤毛というのだろうか、茶色に夕日の色を混ぜ込んだような毛が顔をかこみ、宝石のような緑の目が、無邪気にまたたいていた。

「うん、ボニート！」

ナオキはうなずきながら、たどたどしく答えた。でもさらにナオキの心は尋常でない動きを始めた。

きれいだ！

こ、こんな美しい人が！

ぼくに話しかけてる！

「ジャポネーズ？」

彼女の目がこまかく瞬いている。

「うん」

ナオキは答えた。

「エウ・ジャポネーズ・ノン」

顔を左右に振って困ったように表情をゆがめる。と、ピンクの口がいそいで動き出した。

「じゃ、ポルトゲースは？　ノン《だめ》？　イングレースは？　フランセーズは？　エスパニョールは？」

国の名前が次々出てくる。何語なら言葉が通じるの？　と聞いているらしい。

「イングレース・ポコ《少し》・ポコ《少し》」

ナオキは追いかけるように答えた。急いで返事をしないと、この水彩画のようにはかなげな人はどこかに消えてしまいそうだった。

あわてるナオキを見て少女はおかしそうに首をすくめた。それから、

「……アナマリア」と言って、指を自分の鼻に向けた。目が微笑んでいる。

「ぼ、ぼく……ナオキ、ナ、オ、キ」

その言葉にかぶせるように、ナオキも自分を指さした。

気がつくと、ナオキとアナマリアはウインドウに寄りかかり、言葉を探し探ししながら、話をしていた。言葉の数はとっても少ない。でもそのひとつひとつは鉄砲の弾のよ

うに、ふたりのなかに撃ち込まれていった。

アナはブラジル人ではなく、ポルトガル人で、学生だという。将来このようなタイル絵を作りたいというジェスチャーをした。ナオキは、「三カ月前に、日本から来て、メカニコをしている」と言った。会話と会話の間は長く、沈黙が続いた。そしてやっと出てきた言葉がわかりあえたとき、まるで空の星を手にしたように、ふたりは喜びあった。

ナオキは思う。この人の名前は、アナマリア・アマラール・ソウザ。ポルトガル人で学生、ひとつ年下の十八歳。ポルトっていうところから三日前に来たらしい。

アナマリアは思う。この人の名前はナオキ・タカノ。日本人で、機械工、ひとつ年上の十九歳。住んでいたのは、トウキョウ。

ふたりはわかったことを繰り返し、繰り返し声に出して、うなずき、笑った。

自然とふたりは歩き出した。気がつくと、ナオキが日本で写真を見た、黒と白の波型模様の海岸の散歩道を、もう手をつないで歩いていた。海岸は休日を砂浜で過ごそうとしている人たちでにぎわっていた。やがて、ふたりは顔を見合わせたまま、手を引っ張りあって、声を上げて、黒い波模様を飛び越し、白い波模様を飛び越し、走っていた。

日が傾き、空が濃い藍色《あいいろ》に変わっても、ふたりの手は離れることなく、足はかすかに地上から浮いているように見える。

この日、神様はいたずらをしたのだ。そうとしか思えない。遠く離れた国のふたりが、遠く離れた国で、一瞬にして恋に落とされた。

夜が明日《あした》に変わるまで、ふたりは浜辺に座っていた。

それから毎日、アナマリアはトントの店にやってきて、ナオキのそばから離れない。ただただナオキの油まみれの手元を見つめ、その手が細かく動いて、壊れた機械を直してしまうのに感嘆の声を上げた。

お昼になれば、小さな台所に立って、おぼつかない手先でサラダを作る。サラダ菜ならサラダ菜だけ、キュウリならキュウリだけ。翡翠《ひすい》色の目をぱちぱちさせて、食べろとすすめる。トントはあきれかえって、首を左右に振りながらソーセージを焼いて、サラダのそばに置いた。

五日後、アナマリアは上等な革のトランクをふたつ引っ張ってやってきた。ナオキと一緒にいたいから、ナオキの部屋に住むという。ナオキは驚きながらも、うれしくって、震えるほどだった。

「オー・メウ・デウス、なんてこった。神様のお許しをいただかないとなあ」

トントは太い首を振った。

「神様はお見通しだよ。神様のお許しのない、カザメント《結婚》は、パンもビーニョ《ワイン》も恵まれない」

アナマリアはなんと言われようと、一緒に暮らすと言い張った。そして、夕方になると、ちびた台所と、シャワー、そして狭いベッドひとつしかないナオキの部屋についてきた。部屋に入ったとたんふたりは無口になった。十九と十八歳では無理もない。それにあまりにも事が早く運びすぎた。

ナオキの胸は騒がしく音を立てていた。うれしい。美しいアナマリアは真っすぐな気持ちで自分を選んでくれた。仕事もまだ定まったとはいえない。どうやったらふたりの暮らしが成り立っていくのか自信があるとはとてもいえない。でもこの赤毛で、美しい翡翠の瞳《ひとみ》の少女と一緒にいられるのだったら、そんなこと問題ではない。彼はもう天国を突き抜けて、その上まで舞い上がっていた。

でもやっぱりトントの言う通りだと、ナオキは思った。絶対に幸せになる、絶対に。この大事な、大事なアナマリアを守るために神様のお許しをもらわなければならない。それとできればふたりの暮らしのための少しのパンとビーニョも。

ナオキはアナマリアの手を取って、立ち上がった。

「どこに行くの？」という彼女の声を引きずるようにして、あの日セントロで見た聖堂までやってきた。空のほのかな明るさの下で、地上からの照明を受けて、聖堂は黒々とそびえていた。鉄の扉はふたりを阻むように固く閉まっている。すぐ近くを車が走っていく。遠くから酔っ払いの声も聞こえてくる。

ナオキは手をあわせ、膝《ひざ》をついたまま進み始めた。

「アナマリアと一緒に暮らします。彼女を愛しています。お許しください」

「おお、マリア様、お願いです。ナオキを愛しています。命に代えたいほど愛しています。ご理解ください」

　アナマリアも固い大理石の上で膝を引きずった。

　ふたりは扉の前まで来ると、手を取りあい、感謝の祈りをささげた。

「アナマリア」

　ナオキは彼女の瞳をのぞく。

「うん」と言葉もなく、アナマリアはうなずく。そして、ふたりはかたく抱き合い、初めて唇をあわせた。アナマリアはこの時、ナオキの手のひらに、指でひとつの言葉を書いた。

　フェ、リ、シ、ダー、デ。

「フェリシダーデ、フェリシダーデよ。ナオキ、幸せって言葉、これだけは覚えてね。だいじにしてね」

　アナマリアは繰り返し言った。

　そしてその夜からふたりは暮らし始めた。

　それはふつうの暮らしとは程遠い。でもそんなこと、ふたりはまったく気にしない。言葉がわからない分だけ抱きあって、そこから言葉が生まれていった。笑いもわき上がった。小さな部屋のなかは毎日にぎやかだった。

　それから二カ月後、アナマリアに赤ちゃんが出来た。

＊　　＊

リオ・デ・ジャネイロは海抜〇メートル。背後を山に迫られ、海を前にした細長い町だ。海抜八百メートルのサンパウロ市に比べると、あまり季節の変化がなく、いつも同じように暑い。かつて大航海時代にやってきたポルトガル人が、湾があまりに奥深く広がっていたので川と勘違いしたのが、この町の名前の由来で、そのときが一月だったので、「一月の川《リオ・デ・ジャネイロ》」と呼ばれるようになったといわれている。

　このグァナバラ湾に沿っているいくつかの浜辺、例えばコパカバーナ、イパネマなどで、この町の人は一年中水遊びが出来る。若い娘はここぞとばかり、きわどい水着を競って着て、浜辺に寝そべる。それはもうリオの町の風景そのものになっている。

いつの間にか冬も終わりに近づいているようだ。南半球にあるブラジルは季節も時間もちょうど日本と反対になる。Tシャツから出ているアリコの腕がしっとりと湿ってきた。ナーダの家の前のイッペイの花はもうすっかり散って、葉が伸び始めた頃だろう。花が先で、葉が後、これは日本の桜に似ているな、とナオキが言ったことを思い出す。

ナオキはめったに日本のことを話さない。ただ毎日もくもくと仕事をするだけで、過去にも未来にも関心がないような暮らしをしている。たまに日本の母親から手紙が来る。その文面は、早く帰って来てほしいということばかりで、そのたびにナオキは素早く返事を出す。文面はいつも同じもの。「元気にしている。そのうちに帰る」。アナマリアのことも、アリコという子どもがいることも触れることはなかった。ひとたび口にすれば、アリコとふたりの暮らしも、このブラジルでの暮らしも変わってしまうような気がするのだ。

「パパエ、日本のおばあちゃんのところには行かないの？」

アリコが聞いたことがあった。

「そのうちにな」

ナオキは答えた。

「お金がないの？」

「いや、そのぐらいあるさ。ずっと貯めてたよ」

「じゃ、どうして？　おばあちゃん、きっと会いたがってるよ。わたしも会いたい」

「行くつもりだったんだけどな……うん、でも……いつかな……」

ナオキは答えた。でもその口調には行きたいという気持ちはあまり感じられなかった。

パパエはママエと一緒に帰りたかったんだ。自分の家族を見せびらかしたかったんだ。

それが出来なくなったから、やめてしまったのではないだろうか。アリコはそう感じた。


アリコは道を渡って、ナオキの店とは反対側の歩道を歩きながら、ちらっと店を見る。

すすけたガラス越しに、うつむいて仕事をしているナオキの背中が見えた。物心ついた頃から、本当に変わることのない風景だ。機械油のにおい、ときどきぱちぱちとはぜる溶接の火花、右側の壁にきちんとつるされている道具たち。これらを並べる順序はちゃんと決まっていて、アリコがひとつでも掛け間違えると、すぐわかってしまう。店のなかはトントがひとりでやっていたときとはがらりと変わった。何もかもいっしょくたに置かれていたトントの店の面影はもうない。アリコは時々ごちゃごちゃのなかにうもれて過ごした小さい頃がなつかしくなる。そのトントはもうすっかり年をとってしまって、この頃では半分隠居の身分、週に二日ぐらいしか店に出てこない。

一年前、トントは言った。

「来月からは、ナオキ、おまえが家賃を払って、それからわしの給料も稼ぎ出すんだな。もっともわしはもう少ししか食わんし、飲みもしないから……それに嫁さんももういらん。悔しいけどもういらん。だから金も少しでいい」

トントは長年使い込んで分厚くなった、手のひらをはらうようにたたいて笑った。

ナオキの店と、そこからすこし離れたアリコたちのアパートのある、ボアシルバ通りは大きなアベニーダ《道路》から二本入ったところにあって、道幅は六メートルあまり、一応同じようなコンクリートの十階建ての建物が並んでいても、住んでいるのはたいてい低所得の人たちだ。一階には、ジュース屋、八百屋、ハム屋、クリーニング屋、乾物屋など小さな店が並んでいる。アリコのアパートを通り越して、もう少し先へ進めば、ナーダの街にもあった、雑なバロック風の装飾をつけた、低い家々が続く。かつてはピンクやブルー、オレンジと一軒ごとに色分けされた、おしゃれな家並みだったのだろう。すっかり古ぼけてはいるが、かすかに昔の色が透けて、ポルトガルの植民地時代の様子が垣《かい》間《ま》見られる。さらに一ブロックほど先から、急な坂道になり、そこをずんずん登ると、途中から舗装は終わって、土がむき出しになり、ぐっと貧しい人たちの町、ファベイラが山の斜面に広がっている。地形によってはそこから世界一といわれるリオの夜景と、変化にとんだグァナバラ湾の美しい景色が見られる。皮肉なことに、平地に住む裕福な人たちにはそれが見られない。

　神様は少しは平等をお考えだ。

　メルカード《市場》へ向かっていたアリコは、ずっと遠くから自分を見つめて歩いてくる男の人に気がついた。ナンパか……、そう思ったとたんアリコは道のわきに寄って、顔を商店のショーウインドウに向け、足を速めた。この町の男は生まれる前から学習してきたのかと思うほど、気軽に女の子に誘いの声をかける。いい返事が返ってこなくても一向に平気で、ただの習慣、ご挨拶《あいさつ》みたいなものなのだ。だけどアリコは、これがことのほか苦手。それなのになぜか人より多く声をかけられる。いい加減慣れてもよさそうなのに、うまくすり抜けることができなくて、ぎこちなく立ち止まったりしてしまう。アリコはずっと下を見て歩き続け、突きあたりそうになって、仕方なく顔を上げた。

「やあ、アリコ！」

　ナーダの家で会ったジットが真正面に立っていた。これ以上ないほど澄みきった空色の目がアリコに注がれている。右の目がちゃめっけたっぷりにパチンとつぶって開いた。アリコのなかでなにかがひっくり返るようだった。つられて笑いそうになるのを隠して、いつものように顔をそむける。

「この間は失礼」

思ったよりも落ち着いた低い声だ。

「い、いえ、べ、べつに、じゃ」

アリコは体をかがめて、通り過ぎようとした。

「え、行っちゃうの？」

ジットの声が裏返る。

（アリコ、ジットに会っちゃだめ！）

突然ナーダのヒステリックな声が体のなかで響いて、アリコは思わず立ち止まる。

「ナーダがね、アリコってめちゃかわいいでしょ。ときどき会ってみたらって、言ったんだ。住所を聞いたらそのぐらい自分で探せって言われた。ふー、やっと会えた。あらためて、こうして見ると、ナーダの言った通りだ。超かわいいね」

なんて一直線な言い方だろう。それに表現に遠慮がない。

アリコはジットをにらみつけた。あのナーダがそんなこと言う訳ない、絶対。

「うそでしょ」

なるべく口を大きく開けて吐き出すように言った。

ジットはアリコのそっけない反応を気にもせずに真っすぐ見つめ続けている。白いTシャツ、袖《そで》は丸めて薄い肩にひっかかるように上げ、ジーパンは右の膝《ひざ》のところが二本、引き裂かれたように切れていた。ポケットから重そうな鍵《かぎ》を束ねた鎖が垂れている。足は昆虫のように細く、長い。

「ナーダが言ってたよ。アリコの目にはだれだって吸い込まれちゃうよって。ほんと、おれも、やばい！」

少しは照れているのかジットは自分の顎《あご》をなぜた。

「なんかさ、ナーダってアリコを自慢したいみたいなんだよ。でも、その気持ち、わかるな」

アリコの耳の奥にナーダのしゃがれ声が割り込んできた。あの微妙に長さの違う足が歩くと、道がリズムをかなで、その響きが言葉となって、話しかけられているように聞こえる。

シャカ、カッ、あんたは、かわいい。それだいじょ。あたしも、赤毛を、やめようかな。シャ、シャカ。

アリコの背中にぴーんと痛い緊張が走る。

「ナーダも一緒なのね。どこにいるの？」

アリコは目をしばたたきながら、周囲を見回した。

「ナーダだって？　いるわけないよ。おれ、ひとりだよ」

ジットはむっとしたように言った。

「だいいち、みんな、ナーダ、ナーダって言ってるけどさ。ナーダのこと本当に知ってるのかよ」

ジットは落ち着かなく、体をゆすりながら、つっかかるように言った。

「だって簡単に忘れられるような子じゃないもの。気になるわよ」

そう言いながらもアリコの頭のなかは混乱してきた。

ジットの言ってること、本当かも。考えてみると、ナーダってだれなんだろう。アリコだって、何にも知らない。行きずりの人っていってもいいくらいだ。

それなのに、この取りつかれ方は、どうだろう。初めて映画館で会ってから、その後二回しか会っていないのに、どんどんと気持ちのすみに居座って、気になる人になっていく。不思議な目の色、赤毛、がさがさした声、会えば、まぎれもなくナーダなのに、思い出そうとすると、なぜか、その強烈なとこばかりが迫ってきて、知りたいところがうやむやになっていく。

また、耳の奥からナーダの言葉が響いてきた。

仲間外れにしないでよ、アリコ。シャ、シャ、シャカ。

まるでこっちの気持ちを見透かしているようだ。

アリコは怖くなって、くっと体を硬くした。


「本当にナーダってかわってるよな。ナーダなんていないって言うやつもいるよ」

ジットがまた言った。

「やだ、この間会ったじゃない。それもあの人の家で」

アリコはジットを見た。

「みんなでフェイジョアーダ食べたじゃない」

「そうだけどさあ……いたからって、本当にいたとはかぎらない。なにせ、ナーダだからなあ」

ジットはかすかに笑いを浮かべて、そっぽを向いた。どうもあの夜のことをあいまいにしたいらしい。

「あなたは髪をそめて、ナーダとおそろいにしてたわ」

「気の迷いさ。すぐやめただろ」

ジットはぶるっと頭を振った。髪は明るい茶色に変わっている。

「そう、そこでアリコに会ったんだよな」

なに、このいい加減さ。かわいいなんていって。吸い込まれるなんていって。

「ナーダが君をすすめてくれたんだ」

うそ！

ジットに会っちゃだめ。

ナーダは確かにこう言った。その人がすすめるわけないじゃない。

もしかしたらジットはナーダが好きなのかもしれない。でも、おたがい素直になれないから、わたしを利用しようとしてるんだ。

アリコの体が揺れてきた。なぜかわからないけど、めまいがする。ジットはそのアリ

コの腕の下に、手をぐっと差し込んで、持ち上げると、

「アリコ、カフェ、どう？　近くで」

　アリコはとっさに身をよじる。考える前にいつもの「拒否」の動きをしている。

「あっ」

　ジットが小さく声を上げ、あわてて手を引いた。

「そうか……いやなんだ。悪いな」

「買い物があるのよ。今夜、わたしがパパエの分も料理を作る日なの、決まっていて……」

「決まり、そう、決まりなんだ……」

　ジットは了解とでもいうように、軽く両手を上げた。

　ジットはどっかわからないところに視線を向けて、何度も、「決まりか」と同じ言葉をつぶやくと、くるりと後ろを向いて、元来たほうに歩き出した。

「チャオ《じゃあね》」でもない、「アテ・ローゴ《また今度》」でもない。果物を切るみたいにすぱりと後ろを向いてしまった。

「あのー、ジット」

　アリコは思わず呼びかけていた。驚いたことに足も動いて追いかけようとしてる。人を器用にすり抜けて、ジットは先へ先へと歩いていく。その後ろ姿がひょろんと細く、砂漠にやっと生えた木のようだった。

アリコは走り出し、声をかけた。

「あの、いいわ。ねえ……」

アリコは手を上げかけて、やめてしまった。

細い後ろ姿は、光る日向《ひなた》と濃い影を縫うように遠のいていく。そして、ふっと角を曲がって見えなくなってしまった。アリコは消えたジットのほうに視線をのばしながら、はげしく混乱していた。本当を言うと、もう少し一緒にいたかった。どうして、どうして、あんな風に反対のことしか言えないのだろう。

「どう？　あの子」

後ろで声がする。しゃがれた声。

アリコはびくっと飛び上がって振り向くと、ナーダがパンツのポケットに両手をつっ込んで、腰を揺らして立っていた。

やっぱりナーダはジットのそばにいたのだ。

「べ、べつに……」

アリコはあわてて答えた。

「あっ、そう、べつになの？　なーんだ。つまんない」

ナーダの言葉とは別に、バトゥカーダのような、シャカシャカというナーダの言葉が耳の奥で聞こえている。

（いくじなしねえ、あ、き、れ、る）

アリコはとっさにナーダの足元を見た。足は止まったまま、しかも今日は音のしないスニーカーをはいている。目の前のナーダの口から出てくる言葉と、たたくようなリズムの言葉が微妙に重なって響いてくる。アリコをいくじなしと言いながら、一方で、そのいくじなしかげんに、いらいらしてる。

「ところでアリコ、ジットのご感想は？　ないの？」

「べつに。べつにって言ったでしょ」

アリコは同じ言葉を繰り返した。

「でも追いかけてたじゃないの？　見てたよ」

「なれなれしいから、驚いただけよ」

「こんなこと言うのもなんだけど、あの子、本当はね、死んだのよ……。それも自分で死んだのよ。二年前にビルの十二階から飛び降りて。だから女の子を追いかけるなんてやめたらいいのに。ああいう身分には贅沢《ぜいたく》だわ」

ナーダは背伸びしてジットが消えたほうを見た。

「死んだ？　じゃどうして姿が見えるの」

「見えるのは、あんたのその藍色《あいいろ》の目だけかもしれないよ」

「まさか！」

「まさかって、言いきれる？」

「‼」

アリコは思わず右手で自分の胸をおさえた。

なに言ってるの、この人？　うそだ。ジットが死んでるなんて。しかもこんな恐ろしいことを、旅にでも行ったみたいに気楽に言うなんて。やっぱりふたりしてわたしをだまして面白がっているんだ。たった今までここにいたジットが存在してないわけがない。あんなにきれいな空色の目でわたしを見ていたのに。

アリコは挑戦するようににたりと笑って見せた。

だまされないわよ。ジットとちゃんと話したんだから。

アリコはこう言いたかった。でもナーダにはなぜか言えない。こんなにずけずけ乱暴に人の心に入り込んでくる人なのにどうして遠慮なんかしてしまうのだろう。

「じゃ、アリコ、アリコちゃん、またね、チャオ」

ナーダは急に甘い声になり、手を振ると、ジットとは反対のほうに、さーっと離れていった。

ナーダは今日も驚くほど速く遠のいていく。人の波を縫うようにして、赤い髪が見え隠れしている。肩から下がったバッグが音もなく揺れていた。まるで色のついたかげろうのようだ。

「ナーダ」

アリコは走り出した。

ナーダはなにかに引っ張られてでもいるように、すーすーっと離れていく。そして、建物の黒い影に吸い込まれるようにふいっと消えた。アリコは立ち止まり、左右を見た。

アリコはとりのこされて、急にさびしくなった。

知り合ったばかりなのに、どうして、ナーダに会うと、いつもなにか言い残したような気持ちになるのだろう。

アリコはありえない物語に引っ張り込まれたような気がする。今まではひとりぼっちだったけど、それでも全部が自分でいられたのに、いきなり自分のどっかをごっそりと持っていかれた、そんな不思議な感覚になった。


「ねえ、パパエ、ママエとどこで会ったの？」

その夜、アリコは自分の部屋に入ろうとしているナオキに声をかけた。

ナオキははっと振り向いた。

この前、アリコがママエのことを聞いたのは、三歳のとき、アナマリアが心を病んで、故郷ポルトガルへ帰ってから一年ほどたった頃だった。

ナオキの膝《ひざ》の上によじ登るようにしてアリコが言った。

「ママエを連れてきて、パパエ」

まだたどたどしい言葉だった。

「うん、そうだね」

ナオキはうなずいて、抱き上げると、アリコは小さな手を伸ばして、彼の顔をさわり、

「パパエ、泣いちゃだめよ」としがみついてきた。小さい体はさびしさでいっぱいなのだ、そう思ったとき、ナオキはこみあげてくる涙で息を詰まらせた。それっきり今日までアリコがアナマリアのことを口にすることはなかった。

「ママエと会ったのは、セントロ《旧市街》だった」

ナオキはベッドのはしに腰かけると、アリコを見上げた。

「セントロのどこ？　通りの名前、覚えてないの？」

アリコは開いてるドアに寄りかかっている。

「多分、アセンブレイア通り」

「多分なの？」

「ううん、多分じゃない。そこだよ」

「そう、よかった」

アリコは安心したように、自分の部屋に戻っていった。

アリコになにかが起きていると、そのとき、ナオキは感じた。


「アリコ」

突然、すぐそばで声がした。

あの声だ！

ジット！

アリコはびくっと体が震え、とたんに足元で寝そべっている酔っ払いにつまずき、とっとっと転びそうになる。アリコの家の近くにある「カフェ・ラティーナ」が開いているかぎり、ブラジルの強い酒、ピンガで酔っ払った男たちが、いつも路上にごろごろしている。この町では道を歩くには、それなりの目配りが必要だ。この近くでは、特に。

「アリコ、ぼくだよ。また来たよ」

アリコは前のめりになった。すぐそばに、ジットの顔があった。

空から落ちてきたみたい。アリコのなかにジットはビルから飛び降りたと言ったナーダの言葉がよぎった。

「元気だった？　アリコ、ジットだよ。まだ嫌われてるかなあ」

アリコは肩にかけたカバンのベルトをすがるように握りしめた。

「ジット？　ほん、ほんとうに、あ、あなた、ジットなの？」

とぎれとぎれになった声は音にならないぐらい震えている。

「やだなあ、忘れちゃったのか。この間、会ったばかりじゃないか」

ジットの空色の目が見開いて、色が心なしか濃くなる。

「がっくりだなあ」

「わすれてない！」

アリコの声がちょっぴり大きくなる。首を左右に大きく振る。

「じゃ、カフェ、どう？　嫌い、カリオカがカフェ、嫌いなわけないよな」

「嫌いじゃないわ」

消えるような声だった。

「そう、こなくちゃ」

今日のジットは、怒りにまかせて、ぎざぎざと切り裂いたようなジーパンを腰低くはいて、Tシャツは胸のPEACEの文字が半分ぐらいになるほど、裾《すそ》を短く切ってある。その下からひよこ豆のようなおへそが見えた。

「嫌じゃないけど……だけど……」

アリコは顔をそむけて、やっぱり通り過ぎようとした。

「ナーダがなにか言ったんだね」

行きかけるアリコを止めるように続けて「おれが死んでるって、あいつ言ったんだろ」と声が追いかけてきた。アリコの足がぴたりと止まった。

「まったく、でまかせ、よく言うよな。死んでる？　死んでるのは自分のことだろうに。仲間にされるの、迷惑だよ」

ナーダはジットが死んでると言い、ジットはナーダが死んでると言う。なぜ、こんなすぐばれる嘘をふたりともつくんだろう。

「ナーダの得意な悪いジョークだよ。カリオカのやつらはなんでも面白い物語に仕立て上げる。いいかげんにやめてほしい。もう一度言うけど、おれは死んでないよ」

ジットは顔をゆがめ、いっときふっと笑うと、腰をかがめてアリコの目をのぞき込んだ。

「もしかして死んでたほうがよかった？」

「ううん、わたしだって、同じようなものだから……」

「暗い話はやめようぜ。生きてる、死んでる、だれがそう決めるんだ。どっちだっていいよ。おれはそう考えるようにしたんだ。どう考えようが自由だろう。でもおれは絶対死んでないからな。さ、ね、アリコ、カフェしない」

口に二回放り込めば終わってしまう、小さなカップのコーヒーだから、この国の人は道で偶然会った友だちにだって握手代わりに「カフェしよう」と誘い、カウンターに立ったまま飲む。これはとっても気楽な言葉なのだ。でもアリコに限ってそうはいかない。そういうささいなことでも人とかかわることからなるべく離れていたいと、そんな暮らしをずっとしてきたのだ。

この前はなぜか声をかけたくなったけど、あれはアリコ自身にも予期せぬ心の動きだった。

「ね、カフェ、今日はいいだろ？　ちょっとだけ、ちょっとだけさ。お堅いアリコちゃん」

ジットはおどけた口調で言った。

まるで自動装置にでもなったかのように、彼女は首を振って一歩下がる。

ナーダの足音が、シャカシャカ、耳でまた響いた。

行ってもいいわよ、ご遠慮なく。

アリコはむっとする。

あなた、わたしに命令するわけ？

声にはしないでナーダに言い返す。

「なに、怖がってるのさ。アリコ、おれが怖いの？　まだ死人だと思って、気味悪いの？」

口をくっとゆがめて、ジットはからかい続ける。

「そんなこと……まさか……」

アリコは迷うように下を向いた。

また足音。

行ってもいいって言ってるのよ。なに気取ってるのさ。シャカシャカ。

命令するのはやめてよ！

アリコはきゅっと肩をそびやかすと、カフェのほうに体を向けた。

「そうこなくっちゃ」

ジットはいそいそとあとに続いた。

「カフェ・ラティーナ」はいつも床が散らかっている。店主のリカルドと奥さんのカラはカウンターの内側はよく掃除をし、磨くけど、肝心のお客さんが立つほうは無関心だ。タバコの吸いがらやら、ビニール袋やら、プラスチックのスプーンやらが床に散乱してる。あとからあとから入ってきて、呷《あお》るようにカフェを口に入れて出ていくお客さんの行儀の悪さには、掃除が追いつかない。

「オパ《おや》！　アリコじゃないか。ひとりかい」と言って、続いて入ってきたジットに気がついて、リカルドはにっと笑った。

この周辺では、アリコとナオキはかわいそうな親子として通ってる。もう何年も、不幸にずぶずぶと沈み込んだままのふたりを近くの人は気にかけている。女房に去られ、ずっとひとり身なのに、女友だちはおろか、男の友だちもいなそうな男。今まさに青春の始まりという年頃なのに、いつもうつむいてさっさと通り過ぎる娘。こんなふたりを見てると、近所の人はなにかとおせっかいを焼きたくなってしまうらしい。するとますアリコは早足に、ナオキは無口になっていく。

「あっちがいいよ、アリコ。隅っこだけど静かだ」

やさしい声でリカルドが顎《あご》をしゃくった。

「ありがとう」

アリコはジットをうながして移動する。

「カフェジンニョ、ね」

アリコは小さな声で言う。

「あいよ」

プシューと、蒸気の走る音がして、カララがカウンターの上を滑らせるように、小さなカップをふたつ持ってくる。黒いカフェが揺れ、そばに焼き菓子ふたつが載った皿がついてきた。

「ボーロ、おあがり」

ジットはアリコを見つめたまま、砂糖をざぶっと入れて、カップを口に運びかけ、またしげしげとアリコを見て言った。

「君の目、どっかで見た色だと思ったけど、そう、アズレージョの青だ。おれのこの指輪の色、ほら、君の目とそっくりだろ」

ジットはそう言って、左の中指の指輪をアリコの前に掲げた。白い楕円《だえん》形の陶器のなかに、藍色《あいいろ》で小さな花が焼きつけられていた。

「それがアズレージョっていうの？」

「ポルトガルのタイルのことなんだけど、そう呼ぶんだ。これみたいな藍色で絵づけしたのが多い。主に建物の壁に使われているんだけどね。大航海時代の置き土産っていうか……ポルトガルが世界一の大金持ちになった、そのとき手にした宝物の一つ。白いタイルに青で描かれた絵がとっても美しいだろ。君の目のように。深ーい青。深ーい海の色。オリエンテの色。そう、この色、本当に海を渡ってオリエンテからやってきたんだよ」

「ポルトガルに行ったことあるの？」

「おれ、そこの生まれだもん」

「えー、ほんと？　えー、驚きだわ。わたしのママエもポルトガル生まれなの。わたしが小さいとき、帰っちゃったんだけど。それから亡くなったの」

「知ってたよ」

「どうして？　またナーダに聞いたのね。でも、おかしいわ。そんなこと、あの子も知らないはずよ」

アリコは息遣いが荒くなる。

「いやんなっちゃう。ナーダって、わたしのことさぐっているのよ。いっつも見られているような気がする。ナーダはあなたが好きだから、女の子が近づくの、警戒してるんだ」

アリコの声がとがって、大きくなった。

「いや、ナーダはアリコのことが好きなんじゃないかな。あの子は暗い、もっと生き生きしててほしいってよく言うよ」

そんなこと言われても、「ジットに会っちゃだめ」と言ったあのときのナーダの低く囁《ささや》いた声が忘れられない。

「それは違うと思うわ。女の子って、屈折したところがあるから。わざと反対のこと言ったりするのよ」

「そうかなあ。あいつ、ああ見えても案外心配性なんだよ。アリコのことを本当に気にしてるんだよ。生きてるんだから、もっと生き生きしてほしいって」

「まるでわたしが死んでるみたいじゃないの。それって悪いジョークだわ。本当は、わたしを使ってあなたの気持ちを確かめようとしてるのよ。それは愛かも」

アリコの胸がちくっとうずいた。

「それでいいの？　アリコは」

「お望みなら協力してもいいわよ」

ジットは持ち上げたカフェを、飲まずに下に置いた。

「あっさりしてるんだね。がっくりだな」

「ちょっと変な話なんだけど、ときどきナーダの言葉が聞こえてくるの。タイコたたくように足を鳴らして、しゃべってくるの。さっきも、ジットと遠慮なくカフェ飲みなさいって、信号送ってきた。わたしの頭、変なのかな」

「足音？　あのシャカシャカ……かあ。おれにもくるよ。うるさいぐらい。でも無視してる。アリコも無視、無視」

アリコはガラス越しに通りのほうにそっと目を向けた。

「ジットにはなんて送ってくるの？」

「たいしたことじゃないよ」

ジットがかすかに顔をしかめた。

「ジットはどうしてナーダを知ってるの？」

「おれ、ちょっと事故ってさ、そのとき会ったんだ。じゃ、アリコはナーダに言われたから、ぼくとカフェしてくれてるってわけ？　ちょっとへこむな」

アリコはあわてて、ジットを見上げた。

「そうじゃない。わたしだって、自分のことは、自分で決められるわよ。でもナーダが足を鳴らして言葉を送ってくるんだもの、気になって。気味悪い」

「おれにも『アリコはいつも引っ込んでるから、たまには紫外線あててやってよ』なんてさ、言うんだよな」

「そう、言われたから来たのね。言われなければ来なかった」

今度はアリコがいじけたように唇をゆがめた。

「どうして、そうひねくれるのかなあ」

ジットはふっと上のほうを見て、「言われて、おれはうれしかったぜ。迷惑かな」とアリコの顔をのぞき込んだ。

「おれ、さっきも言ったけど、ポルトガルの生まれ。ナザレってとこ。もっとも八つのとき、こっちのじいさんに預けられたんだけど」

ジットは今までの会話を打ち切るように話題を変えた。

「ナザレって、どこ？　それ、イエスさまのいた町？」

「同じ名前だけど全然違う町、あっちはイスラエルだけど、こっちはポルトガルの小さな漁村さ。魚臭いとこ。海岸沿いに町があって、その後ろのほうに高い丘があるんだけど、そこから大西洋が一望できて、いい眺めだよ。その丘の上に海に向かって小さなお御堂《みどう》が建ってるんだよ。小さなお寺。そこが、おれ、たまらなく好きでさあ。よく入り込んだものさ。なかがね、全部すっぽり、今話したアズレージョってタイルが貼ってあるんだ。そこに小さな十字架のイエスの像が置いてある。入り込んで、隅っこにしゃがんで星が書いてある丸い天井を見てると、ちいさな宇宙船に乗って、天空を旅してるみたいな気持ちになるんだよ。本当にあのときは飛んでいるつもりになってた。この世を離れて飛んでいく……今も思うよ、あれは死後の未来を旅するカプセルじゃないかって」

「死後の未来？　それっておかしくない？　壊れたコップにも未来があるみたいじゃない」

アリコが言った。

「どこにも、だれにも、どんなやつにも未来はあるんだよ」

「わかってるようなこと言って、偉そう」

「君のママエの死後の未来は、なにかって考えたことないの？　死んだ人はそれですべておしまいなの？」

「もしあるんだったら知りたいわ」

「死んだ人にだって自己主張があってもいいんじゃない」

「もしそうなったら、ジットの自己主張はなに？」

「それは君を守ること、とことん守ること。ご許可いただけますでしょうか」

ジットは照れて、ふっと笑った。一瞬目が色づけに失敗したガラスのようにかっと赤くなった。

「おせじね、でもありがたくお受けするわ……じゃ、ジットのママエはナザレにいるの？」

「もう、いない。死んだ。おふくろはじいさんに反対されておやじと駆け落ちしたんだ。おやじはナザレの船乗りだったから……」

アリコは探るような目つきになった。

「それで、あなたのママエは自己主張してる？」

「うん、きっちりしてると思うよ。おれがかろうじて生きてるもんね」

「あたしのママエは私が三つのとき、ポルトガルに帰っちゃって、それから二年して、死んだの。だからなにも覚えてないの。パパエはあまり話してくれないし。自己主張はないみたい。残念！」

ママエはわたしを棄《す》てたんだ……。

アリコの今まで隠していた気持ちが、突然泡のように浮き上がってきて、ぷつんとはじけた。ふっと現れたジットに、物心ついてから一日も忘れなかったこの思いを話している。

「会いたい？」

ジットがアリコの顔をのぞき込んだ。アリコは肩をすくめた。

「会って、なに話すの？　向こうも困るんじゃない」

「アリコのパパエってさ……日本人なんだってね」

「ええ、日本の東京生まれ。ママエはポルトガルのポルトの近くで、まるで遠く離れた星と星との巡り会いみたいでしょ。奇跡よね。それで一緒にいたのはたったの四年間だけよ。距離から比べると、時間が短すぎる。でも今でもラブラブなの。わたしにはわかる。パパエはずっとママエを抱きしめてる。わたしじゃなくてね。なんだかかわいそう」

「そうなんだ。でもアリコは地球をこえて生まれた奇跡の子だよ。そしてここにちゃんといるかわいい奇跡」

　ジットはそっとアリコの肩に手を置いた。

　そうだろうか？　わたしが奇跡？　とんでもない。そのためにみんなの幸せが壊れたのに。


　ふっと目の前の景色が揺らいだ。

　濁った水のなかをアリコはもがいてる。

　早くしないと、苦しいよ。

　足をしきりに動かす。まるで走ってるように。

　あっ、なにかある。

足を置いて、ぐいっと突っ張る。

とたんに冷たい空気が口から入って、ほっとして泣き声を上げた。

あのとき足に触れたのは、なに？

アリコはおおきく口を開けて、あえぐように空気を吸った。ふー、おもわず音が出る。

ジットが顔をむけてアリコを見つめた。

たぶんあの時、アリコは、なにかを踏み越えて、この世に生まれてきたのだ。あの時の足の感覚が今でも消えない。

「わたしはね、双子だったらしいの」

アリコはジットに言った。

このことは今まで、だれにも、ナオキにさえ口にしたことがなかった。

三つのとき、きらきら光る指輪をした男の人が訪ねてきて、「双子だったのですか、そうだったのですか」と言った言葉をアリコはなぜか忘れられなかった。その人が一度も自分に笑いかけようとしなかったことも変に思っていた。

アリコはトントに聞いた。

「ねえ、双子ってなあに？」

トントはうっかり答えた。

「赤ちゃんがね、ふたり一緒に生まれてくること。アリコのようにね」

「じゃ、わたしがもうひとりいるの？」

アリコは無邪気に聞いた。

「あ、それが、それがね、もうひとりは、生まれて間もなく神様のとこで暮らすようになったのだよ」

それからアリコはずっと考え続けた。

もうひとりは死んでしまったんだ。すると次第に、生まれたときぼんやりと心に残っていたことが、はっきりと姿を現し始めた。

あのとき、なにかを押しのけて、自分はこの世に出てきたのだ。

「ひとりは死んでね、わたしが残っちゃったのよ、悪いけど」

アリコはジットに言った。

「悪くなんかないよ」

「ジット、知ってたのね。またナーダに聞いたの？」

「いや、どうだったかなあ……」

「そうよね、ナーダが知ってるわけないわ。だから、わたしは生まれたときから、ずっと死んだ人と一緒だったの」

アリコは肩をすぼめて、ジットを見つめた。

「わたし、こうして、生きててもいいのかなあって。喜べない」

とうとう言ってしまった。今までだれにも言わないで、自分にも隠そうとしながら生きてきた。なにも起こらなかったふりをして、このままでいようと決めていたのに。

「アリコは宝物なんだよ。遠く離れていたふたりが出会って生まれた宝物だよ」

「そうかなあ……宝物を壊したほうかも」

アリコはぽつんと言った。

「あっ」

突然、ジットが声を上げ、手をひっこめた。

そばを子どもがすばしっこく逃げていく。

「チチーナ」

カララが甲高く叫ぶ。ジットは飛び上がって、追いかける。

あっという間の出来事だった。

「指輪をやられたね、くくく」

カララがのどの奥で笑い声を立てた。

「指輪って、ジットの？　だって指にはめてたのよ」

「それを抜くんだよ。あの子は。ちょびっと水を垂らして、滑りをよくしてね。チチーナのこの技は、そりゃたいしたもんよ」

カララはまた大きく笑いながら、見慣れたことだというように肩をすくめた。カウンターに並んでいたお客さんも、その素早さを褒めるように、参ったねと首を振っている。

あのアズレージョの指輪。アリコの目が盗まれた。

アリコはあわてて、外に飛び出した。あっちこっち飛びはねてみても、チチーナもいなけりゃ、ジットも見えない。それっきりチチーナはもとより、ジットも戻ってこなかった。

しょぼんと立ちつくすアリコに、カララが「まったく、しょうがないね」というように両手を広げ、首をすくめた。アリコはのろのろと家に向かって歩き出した。

家に帰っても、カバンを肩から外すのも忘れて、アリコはベッドに腰をかけている。近くの窓からボサノバが軽く響いてくる。止まることのないこの町の空気のリズム。そのリズムに乗って、澄んだ水色の目がじっと見ているような気がした。

そのまなざしを、追いかけて、空気を分けるように、アリコは目を凝らしている。さっき置かれたジットの腕の重みがまだ肩に残っている。低く響く声も、耳の底に残っている。

ドアの開く音がした。ナオキが入ってきた。

「あれ、もうこんな時間?」

アリコはあわてて立ち上がる。

店が七時でしまると、ナオキはいつも真っすぐ帰ってくる。

「アリコ、どうだった?　今日は」

「いつも通り」

アリコは急いでそばに寄って、ナオキに抱きつき、ほおを合わせる。

「ぼーっとしてたら、こんな時間になっちゃった……すぐにトマテのアロス《ご飯》を作るね。フェイジョンの缶詰開けて、ソーセージ入れればいいでしょ。サラーダも作るから。ちょっと待ってね」

カバンを椅子に投げるように置いて、アリコは台所に向かった。

「ああ、ゆっくりでいいよ。まずシャワーをあびるから」

週末以外の夜はアリコがブラジル料理を作ることになっている。

七、八年前までは、この国では食事といえばお昼が中心で、みんな家に帰って家族一緒にとり、ゆっくり休んで、あらためて仕事場に出かけて行くという習慣があった。今では人口の増加で、住居と仕事場が遠くなったこともあって、昼は手近のバーかレストランで簡単にすます人が多い。

土曜日にはナオキとアリコは早く起きて、近くの広場で開かれるフェイラ《朝市》に出かけて行き、一週間分の食料と水を買う。そして、週末二日間だけナオキが日本の食事を作ってくれる。日本の調味料はフェイラでは売っていないから、日本人がたくさん住んでいる町まで買いに行く。ナオキはそんなときでも下手なブラジル語ですまそうとし、あまり日本語を話さない。

「あんた、日本人じゃないね」と言われても、小さくうなずいてすましてしまう。

アリコはナオキの作る「週末ご飯」が大好きだ。とくにナオキがパンとビールで作るぬか漬けが好き。これに酢漬けのケパーをきざんで上に載せた豆腐があれば大満足。ナオキはアリコがケパーを載せると、顔をしかめる。

「だって、これ、合うんだもん」

食事中のふたりはぽつりとした会話だけで、短い問いと、短い返事に終始する。でも今夜のアリコはいつにもまして無口で、声もなく、ただうなずくだけ。ナオキは怪訝《けげん》そうに何度もアリコに目を向けた。

「ちょっと店に行ってくる。遅くなるけど、心配ないよ」

食事が終わるとナオキは出て行った。このところずっとこんな夜が続いている。アリコは「うん」とうなずいて、その先の理由を聞くことはない。今どき、電気器具の修理を頼む人が多いとも思えない。でもナオキは毎晩出かけて行く。通りすがりにたまに店をのぞくと、なんだか分からない金属製のおもちゃのようなものが棚の上に増えていた。

アリコはジットのことばかり考えている。あの日、カフェから飛び出したっきりなんの連絡もない。住所を知らないから、連絡のしようもない。ジットもアリコの家までは知らないだろう。でもカフェ・ラティーナのカララにきいてくれれば、わかるのに。一方的に向こうから押しかけてきて消えちゃって、出てこないなんてひどい。きっとナーダと会っているんだ……それでもいいから、わたしも会いたい、話したい。まだ三日しかたっていないのに、すごい勢いでアリコの心は騒ぎ始めていた。

クラスの子たちはやたらとさわがしい。特に男の子はわれ先に冗談を言って、ちらりと女の子たちの反応をうかがいながら大げさに笑う。わざとらしくすべて全開って感じなのだ。でも、ジットは違う。ごく普通の言葉なのに違う。光のなかの猫の目のように、薄い目で、遠慮っぽく、アリコを見る。その視線はアリコをつきさす。

ナーダが言うように、ジットは死んでしまった人だとしても、そんなことどうでもいい。ちゃんとわたしは会ったのだから。生きていても、死んでいても、そばにいてほしい。気配を感じられるだけだっていい。このまま見えない人になってしまうなんて、それは耐えられない。想像しただけで胸が苦しい。ナーダがどう言おうと、もう遠慮なんてできない。ジットはいる、絶対いるんだから。この気持ちは変えられない。

アリコはまるで魔法にかかったみたいに、つぎつぎ自分の気持ちを並べていた。

たった三度しか会ったことがない人なのに。もしかしたら本当に会ったこともない人かもしれないのに。

アリコは背中を真っすぐにして、窓辺に座っていた。遠くでリオのシンボル、コルコバードの丘にあるキリスト像が小さくぼーっと十字に光っている。ジットはあの上空あたりを、アズレージョのカプセルに乗って旅している人なのだろうか。

どこか遠くでトントカと音がしている。地面のなかから聞こえてくるような音。少し離れた大通りをひっきりなしに行きかっている車の音を乗り越えて響いてくる。どこかのせっかちなエスコーラ・デ・サンバの連中が、まだカルナバルまで四カ月もあるというのに練習を始めたようだ。

これからは日に日にタイコの音は増え、重なり合い大きくなっていくと、やがて走るようにカルナバルの日がやってくる。リオの町はふくれ、踊り出す。観光客向きの大騒ぎのカルナバル。お金が動く派手なカルナバル。道は踊る人たちで盛り上がる。タイコが響き、笛がするどく空気を煽《あお》りたてる。人々は大地を踏み鳴らして、汗を飛ばし、はげしく踊りまくる。みんな両手を高く上げて、満面の笑みで踊る。限りなく陽気な祭りと人は言う。でも、カルナバルはそれだけではないと、アリコは思う。強烈な夏の日差しは、踊る人たちを光と影に鋭く分け、白と黒の石畳のように、白い光の中に浮き立たせ、また黒い影の中に引き込んでいく。太陽が明るく輝けば輝くほど、踊る人の影はこくなり、そこに悲しみがにじみ出る。片足は光のリズムのなかで踊り、もう片足は影のリズムのなかで踊る。アリコは毎年、タイコの音が低く響き始めると、胸が騒ぎ、苦しくなる。

アリコは細い声で口ずさむ。有名な映画の歌。

　　哀しみに　終わりはないけど
　　幸せに　終わりはある

アリコが五歳のとき、貧しい人々が住む地域ファベイラに続く坂道の入り口で、真っ白な洋服を着た黒人の女の人が大きなお尻《しり》を道端の石にのせ、スカートのなかで広げた膝《ひざ》の上で、カゴに小粒のレモンを入れて売っていた。頭には真っ白なレースのスカーフをきつくまいて、その下の耳にはトルコ石のイヤリングが大げさにぶら下がり、胸には木の実で作られた首飾りがじゃらじゃらと何重にも下がっていた。

アリコは少し離れたところに立って、体を固くしてじっと見ていた。こういう格好の人が珍しいわけではなかった。町中でもときどき見かける。バイーア（ブラジルの州）という遠いところから出てきた人だということも聞いて、知っていた。でもなぜか、その「リモン、リモン」と叫ぶ甲高い声に、アリコは身動きが出来なくなっていた。

「おちびちゃん、こっちにおいで」

そのおばさんはアリコに手招きし、たちあがって腰を振った。

「おちびちゃん、私のスカート、どう思う？」

「きれい」

細かいレース模様のスカートはゆらゆら揺れる。ギャザーがいっぱいで海辺に並んでいるパラソルみたいだった。

「おちびちゃん、私のスカートのなかに入ってみたいかい」

アリコはだまって首を横に振り、足を後ろに引いた。

「知らないだろ。ここにはね、カルナバルが入っているんだよ」

おばさんはにやにや笑いながら、襞《ひだ》をつまんで持ち上げて見せた。

「カルナバル？」

「そう、このなかでね、みんな、みんな集まって踊ってるのさ」

「みんな？」

「そうさ、大好きな人、いっぱい踊っているよ」

「じゃあたしのママエもいる？」

アリコは小さな声でぶつぶつといった。

「ああ、いるともさ。カルナバルだからね、魔法なのさ」

「ママエは死んじゃったのよ。それでもいる？」

「ああ、カルナバルだもの、死んだ人も、生きてる人もみんな一緒だよ。あんたも入るかい」

おばさんはアリコの目の前で、スカートをゆさっと揺らすと、くるくる回り始めた。喉《のど》を伸ばし、甲高い声で歌いだす。それに合わせて巨大なスカートが回り、ふわっと持ち上がり、下がり、上がる。アリコはくるんとそのなかに吸い込まれた。なかではおばさんの太い足が回っていた。アリコも一緒に回る。スカートのすそからちらちらっと外の光が動く。

「ママエ」「ママエー」

アリコは叫んだ。その声に重なって、

「アリコ、アリコー」と、呼ぶ声が聞こえてくる。

たくさんの足がつぎつぎ現れて踊り出した。ピンクのサンダル、赤や白のハイヒール、ブーツにスニーカー、男の人の重そうな靴。靴をはいた数え切れないほどたくさんの足がずんずんと地面を踏みならして踊っている。

ママエ、ママエと地面が鳴っている、アリコ、アリコと地面が鳴っている。

くるくるくる、止まらない、止まらない。

突然目が回り、足がもつれて、アリコは外に弾《はじ》き飛ばされた。

スカートから小さな女の子がころころと飛び出してきたものだから、周りの人は笑い出した。

「あんた、どこにいたの？」

腰を抜かしたように地面にへたりこんでいるアリコをのぞき込む。

「もちろん、カルナバルだよね」

バイーアのおばさんは回り続けてるスカートをおさえて静めながら、威張って言った。

「そりゃー、よかったねえ」

周りの人たちは体を揺らして笑った。

とたんにアリコは大声で泣き出し、「パパエ」と叫んで走り出した。

このときのことは今でも思い出す。

あのズンズンと体を打つように響く音、泣くようなラッパの音、あのくるくる回る、妙に白っぽい世界、たくさんの靴。あそこでママエも踊っていたんだ。きっと踊っていたんだ。そして自分を呼んでいた。

カルナバルのタイコの音を聞くたびに、あの子どものときの不思議な時間がよみがえってくる。

「わしのかわいいアリコジンニャ《アリコちゃん》はいるかね」

杖《つえ》の音が階段に響いて、トントが入ってきた。

「どうした。電気もつけずに」

トントはアリコを抱きしめて、肩をたたいた。

「顔をお見せ。おや、ほっぺたがぬれてるぞ。転びでもしたのかい、おちびちゃん」

アリコの顔を上に向かせて、トントはのぞき込んだ。

「涙はな、やたらに流してはいかん。女の涙はな、ここぞというときに流すんだ、一発勝負だよ。それもうれしいときにな。これはきくぞ」

トントはアリコをもう一度強く抱きしめて、「そうか、好きな人が出来たか」とあやすように二度つぶやいた。


アリコは学校を抜け出して中央図書館に向かった。

「セニョリータ、二年も前の新聞を見たいんだって」

係の人は奇妙な顔をした。

「まだありますか？」

「リオ・デ・ジャネイロ新聞ならあると思うよ。何日のを見たいの？」

「それなら……一年分ってだめですか？」

「ワオ、驚いた。いったいなにを探してるんだい」

「え……事件かなあ……事故かもしれない……」

「セニョリータ、この町じゃ新聞に載るような事件は毎日起きてるよ。それでも新聞に載るのはそのうちの一部だ」

「そ、そうでしょうね。でも起きてなかったら、安心できるから」

係の男の人は大げさにため息をついて、首を左右に振った。

「どんな事情か知らないけど、事件が起きてないと思ってるのに、新聞で探そうなんて、セニョリータ、それ、ちょっと……おかしいんじゃないの」

「あっ」

アリコは思わず声を上げた。そのとおりだ。

「すいません」

体をちぢめ、小さな声で言った。

自分の疑いを晴らすために、ジットを一時でも死んでいると思うなんて、なんて自分は悲しいことをしてしまったのだろう。

「そうだわね」

アリコは後ずさりしてそこを離れた。外に出ようとして、ふと横を見ると、出入り口の壁にはってある本の紹介記事が目に入った。

「ドゴン族の神話」

一番輝く星、シリウスには、闇のパートナーがいる。

これはアフリカのドゴン族に伝わる神話。

宇宙の神秘を読み解こう。

後は本の紹介が、書かれていた。

アリコはふと光る星と、闇の星を思い浮かべた。夜空では決して見えないだろう、闇の星……光に隠れてしまう闇の星。自分のようだとアリコは思った。


アリコは学校をさぼった。今まで当たり前だった日常が変わってみえる。考えるのはジットのことばかり。あの澄んだ空色の目を探して街を歩きまわる。歩けば出会えるかもしれない。下ばかり向いていた子が今は目をいっぱいに開いてきょろきょろしている。ジットと初めて会った通りはもう五回往復した。「カフェ・ラティーナ」にはいって、ひとりでカフェを飲む。リカルドは「やあ、アリコ、うまくいってるかい？」とこの町ではごく普通の挨拶《あいさつ》を、でもちょっと意味ありげに投げかける。

学校が終わる時刻には、わざとナオキの店の前をとおり、「ただいま」というように大きく手を振って合図を送る。後ろめたい。胸も痛い。それでいつも以上に掃除に精を出し、夜のご飯もきちんと作って、いつもの通りのアリコを装う。でも今のアリコはまったく変わってしまったのだ。

食事が終わって、ナオキがまた店に出かけていくと、待っていたように、アリコも空色の目を探して町に出かけて行く。後ろから走り寄る足音がして、「アリコ、カフェどう?」というジットの声がないかと、背中を固くしている。

ジットは半地下の家ポロンに住んでいると、ナーダが言っていた。アリコはポロンがある道筋に出合うと、昼だろうが夜だろうが、しゃがんで首を突っ込むようにのぞき込む。ある家では「モシンニャ《娘さん》なにしてるのさ」と下から怒鳴り声が飛んできた。

あのフェイジョアーダの会で会った人のなかで、ただひとり居所がわかっている、コパカバーナのホテルの持ち主だというジョアキーン・ヴァルガス氏にジットのことを聞いてみようと、アリコは思った。

コパカバーナといえば、ナオキが写真を見て、この町に来る気になった、浜辺にそった黒と白のモザイク模様のある遊歩道だ。浜から見ると、高さが統一された建物は長く湾曲した海岸線に沿って並んだ屏風《びょうぶ》のように見える。ホテルもたくさんある。そのなかのひとつだと思っても、探すのは大変だ。リオ生まれのくせに、こんなに真剣にこの町を見たことはなかった。

アリコは比較的小さなホテルを選んで、おずおずと入っていった。なかは広い。照明は宝石のように光り、そのなかを制服のガルソンが大きな荷物を運んでいる。

「モシンニャ、なにか用事かね」

脇から声が飛んできた。明らかに「ここはあんたの来るとこじゃないよ」という口調だ。アリコはぎくりと止まって、振り返った。声をかけたホテルの使用人の顔がアリコを見たとたん、がらっと笑顔に変わった。

「セニョリータ、なにかご用ですか？」

右手を胸のところまで上げ、腰を軽く曲げて、露骨に気取ったポーズをとった。

ここは笑顔だ。

「ええ、ジョアキーン・ヴァルガスさんを探してるんですけど、どのホテルだったかわからなくなってしまったの。ご存じだったら教えていただけませんか」

「ああ、監督ね。それだったら、ここから二ブロック行った角にある『ホテル・エストレーラ』ですよ。五分ほどだけど、セニョリータ、そのかわいい足で歩ける？」

後のほうはからかうように言った。

「ありがとう、ご親切に」

アリコは走って外に出た。

「ホテル・エストレーラ」はとびきり立派なホテルだった。ぴかぴかに磨かれたドアの前には制服を着た大柄の人がいて、「ぴゅーっ」と口笛を吹いて、タクシーを呼んでいる。入り口の横で高級ホテルの印、五つの星が光っている。アリコは思わず通り過ぎ、立ち止まって振り向いた。

するすると黒塗りの高級車が車寄せに入って来て止まった。制服の人が走り寄ってドアを開けると、絹のドレスをとろんと着た女の人がするりと降り立った。そしてその後ろから髪の毛をくりんくりんにカールして、ひらひらとフリルを重ねたドレスを着た女の子が降りてきて、甘ったれるように女の人の腕にぶら下がった。

「あっ！」

アリコは声を上げた。それはあのスリのチチーナだった。アリコのかすかな声を聞きつけたのか、アリコに向かって首をかしげ、右目をぱちんとつぶって、すました笑顔を向けると、さっと体のむきをかえ、またふりむいて、見せびらかすように肩をすくめた。

「なに、これ！」

アリコは思わず声に出し、追いかけるようにホテルに入っていった。

「セニョリータ、なにか？」

ガルソンがすぐ寄ってきた。

「ええ、今、ここに入ってきた小さな女の子は……」

「ああ、マダム・ジロンとお嬢様ですね。もうお部屋に入られましたが、お電話なさいますか？」

アリコはだまって首を振った。あの子がチチーナであるわけない。でもなんだ？　あのウインクは……。

第四章

「ジョアキーン・ヴァルガスさんにお会いできますか？」

ガルソンは大げさにいぶかしげな顔をしてみせた。

「監督にお会いしたいんです」

アリコは重ねて言った。

「ああ、監督、そちらの関係の方で……いま、部屋にいらっしゃるか、聞いてまいりましょう」

ガルソンはカウンターのほうへ戻っていった。

しばらくして、後ろから声がした。

「アリコじゃないか」

ジョアキーンことジョーこと、監督が立派なスーツを着て立っていた。

アリコは両手を彼の肩に回し、ほおを寄せて、ごく普通に挨拶をした。

「何か用事かな？　まあ、そのソファにお座りください」

ジョーはアリコに勧め、自分も隣に座った。

「どっかで会いましたね」

ジョーは考え込むように眉《まゆ》を寄せた。

「どこだったっけ……」

「アリコ」と呼んでおきながら、意外なジョーの言葉だった。

「この間、ナーダのフェイジョアーダ・パーティーでご一緒だったでしょ」

「ああ、あーあ」

わかっているようなわからないような返事だった。

「でも、今、アリコって、わたしの名前を呼んでくださったわ。わたしもそのとき初めて監督にお会いしたんですけど」

「それはわかりますよ。映画の話をしましたよね。あーあ、ナーダね」

「そう、赤毛の」

「そう、そう、赤毛ね」

監督は思い出そうとするのか、眉を寄せた。

「どうもはっきりしませんな。本当にそんな人いたんですか？」

一体どうなっているのだろう。アリコの記憶違い？　まさか……遠い昔のことでもないのに。

「じゃ、ジットっていう人のことは覚えてます？　後から来た人……」

「ああ、ジットね。死んだって噂だったけど……」

「死んだ？」

ナーダと同じことを言われて、アリコはまた混乱し、足元が震えてきた。

首をかしげたまま、監督が自信なげに言った。

「でも、あのとき、ジット、来てましたよねえ。じゃ、噂だけかな。ジットのことならアランに聞いてごらんなさい。前のコパカバーナ・プライヤでアイスクリームを売ってますよ。ナーダのことも知ってるかもしれない。聞いてみたらどうです」

アリコは挨拶《あいさつ》もそこそこに、ホテルから飛び出した。日差しが強い。ホテルの前の広い道をブラジル流に器用に車をぬって渡ると、黒白模様の遊歩道を突っ切って、砂浜に入っていった。

平日のせいもあって、浜辺はすいている。見渡すと、小さな机のようなスタンドのそばに帽子をかぶったアランが立っていた。アリコは砂を蹴飛《けと》ばすようにして近づいていった。

「や、アリコ、その後元気かい」

アリコは手を上げる。アランはその後って言った。じゃ監督と違って、あのパーティーのことはよく覚えているかもしれない。

「アラン、モランゴのソルベッチ、ふたつ、お願いよ」

イチゴ《いちご》 ソルベッチ《アフィス》
遠くから声がかかる。

「今すぐに、セニョリータ」

アランは慣れた手つきで、コーンにいちごのアイスクリームを入れていく。

「アラン、こっちにマンゴーを三つ届けて」

ほうぼうから声がかかる。アランは人気だ。やっぱり美しいというのは大きな看板になる。

「ごめん、アリコ、何か用だった？」

「忙しいのに、悪いけど、ジットのこと聞きたいんだけど……」

「えー、ジット……？」

めんどくさそうに語尾が上がってる。

「まさか、彼、死んだとか……じゃないでしょ」

アリコはわざと明るく言った。

「それがさ、そうじゃなかったみたいなんだよね。この間現れたでしょ、びっくりした。あいつ、ゆうれいみたいに痩《や》せてたけど」

「じゃ、死んだっていう噂は嘘ね」

「かもね。でも彼、やばいんじゃないかなあ。おれにはわかんねえ。金持ちでさ、この国じゃそれがいちばんなのにさ。いっつもぼろい服着て、暗い顔して、嫌味ばっか言ってさ。希望がないって、ああいうのを言うんだろうね」

アランは自分には希望があるというように、明るく笑いかけた。

「でも、彼、ナーダと仲がいいんでしょ」

「ナーダ？　ナーダねえ……誰だっけ……ぼんやりしか思い出せないよ。そう、そう、めちゃいかれてる子だよね。でも彼女って変なんだよね。おれ、いっつもこんがらがっちゃうんだよ。いっしょにさあ、カフェしてもさあ、すぐぼんやりとしか思い出さないの。いるようで、いないようで、よく考えると、どっちなんだろう。ときどき名前は聞くんだけどねえ……。そんな時、変なものにでもとりつかれているのかなあ、おれの頭の方がおかしいのかなあって思っちゃうよ」

アランは困ったように、目を瞬いた。長いまつげの影が目の下で動く。

「アリコはナーダを知ってるの？」

「うん。知ってる。赤毛で、しゃがれた声をして……わたしと同い年」

「うーん、そういえば赤毛だったよねえ……」

「それで目の片方が翡翠《ひすい》色で、もうひとつは水色、変わってるの。歩き方がちょっと踊ってるみたいで。ねえ、覚えているでしょ」

黒板の文字を乱暴に消した跡のように、アランの記憶もとぎれとぎれらしい。あれ、これとつぶやきながら、つなぎ合わせようとして、「やっぱり、おれ、わかんない」と首を振った。

アリコも自信がなくなってきた。ナーダとはあの部屋で寝転んで、おしゃべりもした。あれは現実にあったことだったのだろうか。監督やアランの話を聞いているうちに自信がなくなってきた。でもナーダが存在しなかったなんて思うのは、どうしても受け入れられない。

「じゃ、絵描きのデュークは？　チコチコは？　覚えてる？　あのときいたでしょ」

「ああ、いたよ。友だちだよ」

「デュークはどこに住んでるの？」

「ファベイラ・ダ・カディイラにアトリエがあるらしいよ」

「そこどこ？」

「行くつもり？　やめたほうがいいよ。やばいよ、おれだって行けない。チコチコは……今、サンパウロのボアチ《ナイトクラブ》で踊ってるって聞いてる。そのナーダのパーティーってさ、おれ、監督と一緒に行ったんだよね」

「監督もナーダのこと、よく思い出せないって言うのよ。アランもでしょ。でも、ジットはナーダのことは覚えているようよ。あの人だけ……とってもよく……ふたりは特別なのかしら」

「そういえば、いつかジットが赤毛と歩いてたなあ……後ろ姿を二、三回見たような気がする」

　アランは目が覚めたばかりのように、遠くのほうをぼーっと眺めた。

「アラン、バニラのソルベッチ、この子にやってちょうだい」

　親子づれがやってきた。

「はい、マダム」

「忙しいとこ、じゃましてごめん。じゃ、またね、アラン、チャオ」

アリコはよろよろと歩き出し、波打ち際に近づいていった。

すっきりと晴れた空の下で、海は青くうねって、波は縁に白い泡のレースを作りながら砂に消えていく。アリコは裸足《はだし》になり、つま先立って、水に入っていった。ひやっとする。冷たい。空は青い。海も青い。波はちゃんと波の音を立てて動いてる。これは確かなことなのに、アリコの気持ちだけはあいまいで、見知らぬところにいるようで、どこにすがりついていいのかわからない。


はげしい音楽が聞こえてきた。ふと目を上げると、ずっと前、ナーダが「あぶないドレス」を買っていた店が、あのときと同じようにけたたましい音をたたき出していた。アリコは入っていった。つるされたドレスを手に取ってみる。肩がむき出しになる、下着のような形の短いドレスだった。びっくりするような派手なピンクと赤の花柄、それに藍色《あいいろ》の大きな葉がうねっている。アリコはすばやくつかむと、レジに向かった。きらきら光る包みを抱えると、アリコはまるで悪い事でもしたように、店から早足で出てきた。興奮して顔が赤い。

わたしだって、このぐらいのドレス、着こなせるんだから。

アリコは顎《あご》を上げて、つんつんと歩き始めた。

「おねえちゃーん」

　後ろから走ってくる音がして、振り向いたアリコにどーんとチチーナがぶつかってきた。さっき見たひらひらのスカート姿ではなく、肩に穴のあいたしみだらけのTシャツを着ている。

「あんた！」

　と言ったきり、アリコは言葉につまってその先が続かない。

「おねえちゃん、この間はごめん」

「なにを？」

　アリコはわざと聞き返した。

「指輪」

「それで指輪を返しにきたの？」

「ううん。なくしちゃった」

　チチーナは言葉とは反対にけろりとした顔をしている。

「どこかに売ったんでしょ」

「ばれちゃった。あんがいいい値段だった」

　チチーナはにやっと笑った。

「ねえ、チチーナ、今朝、ホテル・エストレーラに行かなかった？」

「行ったよ」けろりと答えた。

「ずいぶん豪華なドレス着てたじゃないの。びっくりしたわ」

「だってー、ママエが付き合えって……しょうがないもん。なんちゃって、金かせぎよ。三時間、十レアルなんだ。いい商売」

「あの人はだれ？」

「もちろん、あたいのママエだよ」

「ええー！」

チチーナはせせら笑うと、顎をぐいっと持ち上げた。

「見た目だよねえ、この世はさ。教えてあげようか……。どっちもあたいだよ。あたいがそう言ってるんだから、そうなのさ。大人って、どっちかに決めないと落ち着かないんだよね。どっちだっていいじゃん。金持ちだって、貧乏人だって、あたいは、あたい。生きてても、死んでても、あたいは、あたい。わかった？」

チチーナは首をすくめると、一瞬するどいまなざしをアリコに向けて、

「ふん」とあざわらうように息を噴き出した。どこにでもいるような悪ガキの顔を向けて、

「じゃ、チャオ・チャオ・アリコちゃん」

とからかうように叫びながら、足を操ってサンバを踊って見せ、くるりと向きを変えて走り去った。

どっちでもいいじゃんだって？　なに、それ。子どものくせに、生意気言って。

アリコはつぶやいた。

私も、そうだわ、どっちかにきめてた……！

「アリコ」

ジュース屋のカリナが声をかけた。

「もう学校すんだの？　早かったね」

「……」

アリコはあわてて包みを後ろに隠して、だまってうなずく。

「アバカッシのスッコ飲んでいきなさい。若いカリオカが暗い顔してちゃだめよ」

カリナはレバーを押して、コップを黄色いパイナップルのジュースでいっぱいにすると、せまいカウンターに置いた。

アリコはいっきに飲み干す。甘い液体が滝の流れのように真っすぐ胸を降りていった。体がすーっと涼しくなる。

「ありがとう」

「パパエは元気なの？　このところ忙しそうだね。夜おそくまで、お店、電気がついてるね」

「うん、そうみたい」

カリナがナオキのことを話したがっているのはわかっても、アリコにはつき合う余裕はなかった。

その夜、アリコはナオキが寝てしまうと、そっと起き出して、隠しておいたドレスの包みを開けた。電気の下で蛍光色のピンクと赤が、はっとするほど、派手に浮き上がって見える。Tシャツを脱いで、ドレスに首を突っ込み、するりと落とすようにして着ると、アリコは鏡の前に立って、おそるおそる顔を上げた。思ったより肩が広く開いている。それをアリコは更にぐっと下げてみる。胸が大きく開いた。そのまま体を揺らしてみる。白い肌とドレスのきつい色が動く。自分じゃないみたいだ。髪に手を入れてもしゃもしゃとかきまわし、そのまま持ち上げて眺める。

急にアリコは怖くなった。あわててドレスを脱ぐと、丸めて戸棚の奥に突っ込んだ。それから歪《ゆが》んでしまった粘土細工を直すように、両手でぱたぱたと体をたたいた。

指輪を追いかけて、走り去ってから、ジットからはなんの連絡もない。なにも言わずに行ってしまうなんて。ひどいじゃないの。話も途中だったのに。指輪はチチーナが売ってしまったんだから、探したってむだよ。

アリコは文句でいっぱいだ。

でも考えてみたら、ジットには、まだ三回しか会っていないのだ。しかも偶然といってもいい出会いだった。

「君を守る」とかなんとか言ってたけど、あれはちょっとしたご挨拶《あいさつ》。ブラジル男の軽口だったのだ、と気持ちをなだめるようにつぶやいてみても、アリコのジットを思う気持ちは止められない。しかもそれはずんずんと育って、次第に疑いに変わっていった。ナーダだ……みんながいるんだか、いないんだかわからないと言ってるナーダなのに……名前のとおりの、「なんでもない」人かもしれないのに。でもジットはあの子、ナーダのそばについている……今夜もきっと。

アリコは今まで経験したことのない収まりのつかない激しい感情に襲われていた。目をとがらせて、虚空を睨《にら》みつける。なにがなんでも、ジットに会いたい。気持ちを静めることができない。

アリコはいつもの通りをいつものように歩いて、いつもの顔して、カフェ・ラティーナに入っていった。すると、カララがすいっと顔を奥に向けた。つられてアリコが見ると、奥のカウンターに斜めに寄りかかるようにして、ジットが立っていた。

アリコは息を吸い込んだまま、動けない。

「やあ、アリコ」

ジットがさっと手を上げる。何事もなかったように、いつものジットの声だ。

「こっちにおいでよ」

ジットが笑っている。「早く」

リカルドが体をのばしてカウンター越しに、アリコに囁《ささや》いた。

「待ってたんだろ。早くお行きよ」

アリコはロボットみたいにぎこちなく、近づいていった。

「しばらく」

アリコは口が思うように動かない。

「しばらく？　えっ？」

ジットはなにも感じていないのだ。

「待っててくれたわけ？」

「だって……指輪をとられて、そのまま飛び出したまま、戻ってこなかったから」

「ああ、そうだったよねえ。ごめん。いろいろ浮世のごたごた処理があってね、まいったよ」

アリコはなにも言えない。この緊張感のなさはあまりにも自分の気持ちと違いすぎる。

「今日はね、指輪が戻ってきたから、もう一度、君に見せようと思ってね」

ジットは左手をぱっと開いた。あのときと同じタイルの指輪が中指の内側にはまっている。

「チチーナから返してもらったの？」

「いや、ナーダが持ってきてくれた」

またしてもナーダ！　アリコは自分の顔がさーっと白くなったのを感じた。めまいがする。カウンターの端をしっかりつかんで、後ろを向くと、外に出た。

「アリコ、どうしたの？」

ジットが追いかけてくる。

アリコは立ち止まって、振り向いた。

「さ、アリコ、この指輪をはめてみてよ。君の目の色に合うよ。これ、おれのおふくろのなんだ」

ジットはアリコの手を捕まえると、引き寄せて、無理やり指輪をはめようとした。

「やめてよ！」

アリコは体を離して、その手を乱暴に振りほどいた。指輪が歩道に落ちて、ぱーんと弾んで割れた。

「そんなものいらない」

「いったいどうしたの」

指輪のかけらを拾おうと、体をかがめながら、ジットが言った。

「ナーダに聞けばいいでしょ」

アリコは投げつけるように言って、走り出した。自分の家のある建物の前を通り越して、走り続けた。

「アリコー」

ジットの叫んでいる声がする。

アリコは走り続けて、建物の日陰に入ると、くたくたとしゃがみこんだ。アリコのなかで疑いが広がり、それは徐々に攻撃的になっていった。ナーダとジットがチチーナを使って、わたしをからかったんだ。そうはいかない、そうはさせない。

生まれて初めての激しい感情だった。

アリコはくっと空を見上げた。ビルの間から抜けるような青い空がのぞいている。もう七時になろうとしているのに、まだ明るい。

アリコは急いで家に帰り、この間買った派手なドレスに着替えた。鏡で見る余裕もなく、薄いショールをむき出しの肩にかけ、持っているなかで一番高いヒールのサンダルをひっかけて、家を出た。

「ヒューウ」

ジュース屋のカリナがアリコの姿を見て息をのむ音が聞こえる。アリコはわざとそっぽを向いて、この前乗ったバスの停留所に向かってつんのめるように歩き出した。

「なによ、なによ、なによ」

アリコは体中で叫んでいた。

でも、なにが、なによ、なによ、なんだろう。口はカラカラに渇いて、胸ははた目にも分かるくらい波打っている。ふたつバスを乗り換え、がたがたの道をヒールの靴でよろけながら歩いて、ナーダの家の前に立った。さすがにあたりは暗くなり始めている。イッペイの木は葉を茂らせて、黒く覆いかぶさっていた。あのときと、いくらも日にちがたっていないのに、風景が動かない。作りもののように見える。アリコは階段をのぼり、ドアをノックした。返事はない。もう一度たたいてみる。たたいた音が部屋のなかで響いている。アリコは壁に寄りかかり、カバンからノートを出すと、手紙を書き始めた。

「アリコよ。話があるの。連絡して」

こう書けば、ナーダのことだ、なにか言ってくるに違いない。今度こそ、はっきりナーダに聞いてみよう。

「あなたはだれなの？」「ジットとはどういう関係なの？」それから、もっと。

カンカンカン。

階段をのぼってくる音がする。細いヒールの音だ。アリコはあわてて体を浮かし、下をのぞく。のぼってきたのは三十ぐらいの浅黒い肌の女の人だった。

アリコと目が合うと、白い歯を見せて、「こんばんは」と言った。仕事の帰りに買い物を済ませてきたのだろう、手に提げたポリ袋からオレンジとキュウリが透けて見える。

「このうちにきたの？　ナーダっていったかしら……。留守よ。ずーっと留守。めったにいないわ」

「朝早くだったら、会えるかしら」

「いつって言えないわ。私がね、彼女に『いるんだか、いないんだか、わからないわ』って言ったことがあるのよ。そしたら、『そりゃそうよ。私の名前はナーダだもん』って言って、大笑いしてた。名前も変わってるけど、人もね、変わってる。たまににぎやかな集まりをしたりするけど、大かたは留守だから、静かよ、こっちはありがたいわ。じゃ」

女の人は鍵穴《かぎあな》に鍵をさしながら、アリコのほうを向いた。

「ことづけがあったら……でも、私もいつ会えるかわかんないから、聞いといてもね」

「いいんです。メモ入れときますから。もし会ったら、アリコに連絡くれるように言ってください」

「わかったわ。あんた、アリコっていうの？　私はエレナ。そのドレス、すごいわ。燃えて見える。似合うわよ。あんたのその髪の色もきれい。オリエンテね。この部屋の子は赤毛で、もしゃもしゃで、カルナバルの頭みたい。私は黒いけどちりちりだし。くく、いろいろねえ、この国は」

エレナはひとり陽気に喋《しゃべ》ると、「チャオ」と部屋に入っていった。

アリコはメモを書いたノートをやぶり、ナーダのドアの下にすべりこませた。

暗いなかを黄色い光をいっぱいにしてバスが走ってきた。日が落ちてまだそんなにたってないのに、バス停にいたのは、アリコだけだった。手を上げて合図して、乗り込む。バスの中は、子どもの頃見た絵本のようだとアリコは思った。小さい女の子がお使いで乗ると、そこに座っていたのは、みんな動物で、女の子を上目遣いに見ながら、知らんぷりしている。それに似ていた。ちょっと怖かった。

リオの町が暮れていく
窓からルアを見下ろす
ガロッタひとり
だれを待つ
消えたアモール　戻りはしない
リオの町が暮れていく
暮れていく　暮れていく

突然バスの運転手が甲高い声で歌い出した。ふーっとバスのなかの空気がゆるむ。このところテレビやラジオでときどき聞く曲だ。

アリコは運転手の歌を聞きながら、窓から外に目をこらす。見下ろしてるこの道に、もしかしたらジットが歩いているかもしれない。けんかしたように別れたのに、思うことはそればかり。遠く暗いどこかから、バスを追いかけるようにタイコの音がツカッチャと響いている。

「アリコ！」

突然しゃがれた声が真横から聞こえてきた。同時に手が伸びて、アリコの腕にからみつく。アリコは驚いて跳び上がった。隣にナーダが座って笑っている。ほれ来たわよと自慢するように、翡翠《ひすい》の目だけがまたたいた。

「い、いつ、乗ってきたの」

「まあね。アリコちゃーん、あたしに会いたかったんでしょ。あたしも会いたかったよ」

アリコの腕に絡んだ手に力が入り、ナーダは体を押し付けてきた。

「今日はお洋服、派手じゃない。あんたもやればできるじゃない」

ナーダがアリコのドレスを引っ張った。

「あそこで買ったのね。見せびらかしちゃって、このいたずらっこ《不良娘》！」

アリコのおなかをくすぐるように押した。

アリコはどきんとした。あそこって言った。あのとき、あの店でのぞき見してたアリコに気づいていたのだ。

「アリコちゃん、あたしのまねなんて、やめなさい。まねはまけ……なんちゃって。このギャグ、いいとこいってる！」

ナーダは「けけけ」と派手に笑うと、見せびらかすように、短いスカートをぱっと広げた。それはあのとき買った服だった。

「ねっ、こういう風に着るのよ。ちゃらちゃらってね。アリコ、修業が足りないよ」

ナーダが自慢げに顎《あご》をしゃくる。

「さっき……あ、あなたの家まで行ったのよ……」

アリコはおずおずと言った。「で、わたしの手紙を見たから来たの？」

ナーダはほっぺたをアリコにくっつけるぐらい近づいて、ひどくしゃがれた声で言った。

「アリコちゃん、夜、町をひとりで歩けるようになったんだ。進歩だね」

ナーダはさらに寄ってくると、アリコの胸に手をおいて、「ほら、心も元気じゃないの。ちょっと前まで世捨て人だったのに。だからもういいでしょ。これ以上ジットを追いかけるのはやめなさい。アリコ」

楽しそうなナーダの口から、突然、恐ろしい言葉が出てきた。

「いやよ」

アリコは声を低くする。精一杯言ったつもりなのに、声になったかどうか。

「もう、ジットに会っちゃだめ！　やめてよ！」

ナーダも低い声で、乱暴に言った。

「なぜ？　いやよ」

アリコの声が大きくなった。

「あの人をあたしから獲《と》らないで」

ナーダも声を高くする。

「あの人は、もう死んだ人なのよ。死んだ人と仲良くなったって……」

ナーダの声は荒い息遣いで、ほとんどかすれていた。

「それなら、あなたにだってジットはだめってことじゃないの。言ってることが矛盾してる！　もう、話すのいやだ。わたし降りる」

アリコが腰を浮かせると、ナーダが前をさえぎって、大声で叫んだ。

「わからないの。あの人は幽霊なのよ」

バスに乗っていた人がいっせいに顔を上げ、気味悪そうに騒ぎ始めた。

「なんて罰当たりなことを」

「神様、おお、神様」

手で胸に十字を切りながら、祈りのような声が飛び交う。

アリコはナーダを押しのけて、前方に向かって歩き出した。

「止めて、止めてください、運転手さん、わたし、降ります」

ヒステリックな声を上げて、後ろの席からよろよろ走ってくるアリコに驚いた運転手が急ブレーキをかけた。運転手の舌打ちと一緒にドアが開いた。アリコはつんのめったまま、ステップを無視していっきに飛び降りる。続いて飛び出したナーダは後ろからアリコをかかえ込んだ。

「アリコ、お願いよ。あたしのアリコちゃん」

強い力で抱きしめて、

「あんた、ずるいよ、あたしから大事なものみんなとりあげて」とすすり泣くような声で言った。

「なに言ってるの。それはわたしが言うことよ。はなして、はなしてよ」

アリコは体をひねって、腕を引き抜き、立ち上がると、無我夢中で走り出した。

「アリコ、アリコ」

ナーダの呼ぶ声がする。アリコはそれを振り払うように、行きあたりばったり暗い道を曲がり、また曲がって走り続けた。頭ががんがんする。今にも破れて、こめかみから血が流れそうだ。

アリコは両手で体をかかえ、倒れるようにしゃがみこんだ。苦しい息がぜいぜいと音を立てている。

道は暗い。工場街だろうか、両側にシャッターを下ろした倉庫が並び、道には油が滲《にじ》んでいる。人の気配がない。アリコは急に恐ろしくなって、また走り出した。

建物と建物の間の暗がりに人がたむろしている。黒い顔が闇に溶けて、タバコの火だけが、小さくぽつ、ぽつ、ぽつと動いていた。

男たちの影が動いた。壁に寄りかかっていたひとりが、ポンとタバコを捨てて、ぺとぺと足音をさせて、暗がりから出てきた。

「おう、おう、モシンニャ、ランニングかい」

アリコは聞かないふりをして、まっすぐ前を見て歩き続けた。逃げなくっちゃ、でも走ったら、追いかけられる。

「おう、かわいこちゃん、一緒にかわいこちゃんしねーかい」

なかのひとりが粘っこい声を出した。

ひとりが体をくねっとくずして、近づいてくる。ひとりが足をもつれるように動かして、踊りながらやってくる。ひとりが急に速い動作に移ると、飛びつくようにしてアリコの腕をつかんだ。

アリコは持っていたバッグを投げつけ、靴を脱いで走り出した。

「アリコー」

遠くでナーダの声がする。ナーダが危ない。一瞬体が後ろを向いて、戻ろうとした。そのとき、脇の暗がりから手が出て、アリコは引っ張り込まれた。

「きゃー」

アリコはあたりを引き裂くような声を上げて叫んだ。でもとたんに口をふさがれて、声はあやふやになる。

「アリコ、アリコ、ジットだよ」

大きな腕が暴れるアリコをかかえて抱きしめた。

「やだ、やだ、やめて」

なおも暴れて、逃れようとする。

「ジットだよ」

「あっ」

小さい驚きの声が飛び出す。

それは本当にジットだった。空からのかすかな明るさのなかで、ジットの空色の目が光っている。いつも、いつも探している目だった。

「ジット！」アリコはぶつかるようにしがみついた。ジットの腕に力が入り、一層強くアリコを引き寄せる。

「アリコ、ばかなアリコ」

「ジット、ジット」

アリコはあえぎながら、繰り返し、声を上げて泣き出した。

「よかった」

ジットはアリコの耳にささやいた。

男たちの声が路地の向こうから聞こえてきた。

「あれ、いなくなっちまったよ」

「足の速い女だな」

「あっ、ナーダが危ない。捕まっちゃったら、どうしよう」

アリコはとっさにジットから体をはなし、走り出ようとする。

「大丈夫だよ、ナーダは」

ジットはアリコの肩を引き寄せて、言った。

「あいつらには、ナーダは捕まえられないよ。ほら、見てごらん」

ほんのりと見える道にはナーダの姿はどこにも見えなかった。

「心配ないよ。アリコだって知ってるだろ。ナーダはナーダなのさ」

ジットはそう言うと、アリコの顔を両手で包んで、唇を近づけた。

「ジット、わたし……」

アリコはジットにしがみついて、また泣き出した。

「だって、だって、あなたっていない人だって」

「なに言ってるんだよ。ちゃんとここにいるじゃないか。アリコ、君が危ないときはどんなときでも駆けつけるよ。地球の果てにいてもさ。その果ての果てにいてもさ、そう言っただろ」

「ナザレのカプセルにのっていても?」

ジットはちょっと笑うと、「もちろんさ」とうなずいて、「約束するよ」ともう一度、言った。

「あれから、ナーダの家に行ったんだろうとバイクで後をつけてたんだ。君、すげー怒ってたからな。そしたら、突然バスから飛び降りて、めちゃめちゃ走るから、あわてたぜ」

「でも、ナーダが……どうしよう」

アリコの言葉には取り合わないで、ジットは落ち着いた声で言った。

「もう家に帰ったほうがいい」

そしてアリコの肩を抱いて歩き出した。アリコはジットに寄りかかって歩いていく。夢のようだ。

そう何度も、何度も思いながら、ふっと目をつぶった。

どこからかカルナバルのムジカが聞こえてきた。それはアリコのうれしい息遣いに合わせているようだった。


「アリコ!」

鋭く呼ぶ声がする。アリコははっと顔を上げ立ち止まった。アパートの前にナオキが立っていた。

横を向くと今までぴったりとくっついていたジットがいない。アリコはナオキがいるのも構わず、後ろを向いて走り出した。

すると、横からひょいとジットが顔を出した。

「おれは消えるよ。ふたりして怒られることもないからな。おれ、バイクのことすっかり忘れてた。取りに行かなくっちゃ」

そう言うとジットは走り出した。

「待って、待って」

アリコは後を追って走ろうとする。

「アリコ」ナオキが駆け寄って、後ろからアリコに抱きついた。ナオキの体は震えていた。

「よかった。心配したよ」

ナオキはまだジットの消えたほうを見ているアリコの肩を押しながら、

「さ、家に入ろう」と言った。

ナオキはアリコをかかえて、ベッドに座らせた。髪は乱れ、足ははだし、ナオキは短いドレスの裾《すそ》をぐっと引っ張って言った。

「さ、寝なさい。足を洗ってね」


アリコは初めての恋をしているとナオキは思った。出会ったときのアナマリアと自分の激しかった恋を重ねていた。アリコはあのときの自分よりもずっと若い。かつての……いや今も続いている自分の姿を見るようだった。

アリコが学校を休んでいることも、夜になると出歩いていることも、ナオキはうすうす気が付いていた。体を動かしてないと、じっとしていられないほど、アリコの内側が騒いでいるのも感じていた。ここ、リオは危険の多い町だ。若い女の子がひとり夜の町を歩いていいわけはない。心配しつつもナオキには止めることが出来なかった。

アリコはこの世に生まれるとき、厳しい死に出会ってしまった。生後間もなく双子のひとりは死んだ。ふたり揃って指をからみ合わせて、「おう、おう」と声をあげて一緒に生きていくはずだった。でもひとりは死に、ひとりは生きた。それが母親の死にもつながり、もう十数年もたつのに父親はその悲しみから抜け出せないでいる。

「このところ、アリコがよく来るよ。一日に二回も来ることがある。急にこのリカルドおじさんが気に入ったようだ」

カフェ・ラティーナのリカルドがナオキに言った。

「様子のいい男と一緒のときもある。アリコも年頃だもんな」

今夜、「待って、待って」と叫んでいた、アリコの声がナオキの耳に残っている。今までこの親子は必要なこと以外ほとんど話し合わなかった。話せばなにもなかったふりをしていた過去がよみがえる。それはいまだに耐えがたいほど生々しくナオキのなかにあって、口を閉じることで蓋《ふた》をしてきた。アリコもナオキの哀しみがよみがえることを恐れて話そうとしなかった。

ナオキはふと自分が生まれた日本の、小さな家を思った。いつも機械油のにおいがしていたあそこでは空気が生暖かく、柔らかかった。比べて、この町では光と影がくっきりと、あまりにもくっきりと分かれている。その差が大きいので、いったん影に入り込んでしまうと、なかなか光のなかに出ていけない。ナオキは自分を引き寄せるようにして、影のなかで生きてきた。それにアリコも引き込んでいた。

数日前、日本人がひとり、ふらっとナオキの店に入ってきた。

「えーと、日本語でよろしいでしょうか？」

遠慮がちに言った。もう四十になっているだろうか、この近辺ではめったに出会えないネクタイをしめたスーツ姿だった。普通だったら、ナオキは「ノン」と肩をすくめて取り合わない。でも「よろしいでしょうか」という言葉に日本の香りがした。この一歩下がった口のききようは、久しく忘れていたものだった。

「は、ええ」

ナオキはゆっくりと椅子から立ち上がった。

「昨日、たまたまこの道を歩いていて、気になったんですけど、あまりにも一生懸命お仕事なさっていたので。今日はちょっとでもお話が出来ればと思って。厚かましくお声をかけさせていただきました。あ、私、十日ほど前から日本から出張で来ているんです。畑野《はたの》と申します」

彼は上着の内側のポケットから名刺を取り出して、ナオキに差し出した。その動作は型にはまっていて、久しく忘れていた仕草だった。

名刺には大きな鉄の会社の名前が書かれていた。

「明日《あした》帰国するんですけど、気になってね。そこの棚に並んでいるものが」

畑野は棚に並べてある、ナオキの作った金属製の置物を指差した。

ナオキは三つほど棚から下ろした。

「気ままに作ってるんですよ。おもちゃっていう人もいれば、ロボットっていう人もいます。古い部品をかき集めて、面白半分です」

「リモコンで動かすんですか。それとも電池で……？」

「いや、ゼンマイです。時計の歯車なんか応用して」

「ああ、やっぱり。それがいいですよね。私も作ってるんですよ」

畑野はちょっとはにかんだ。

ナオキも珍しく表情をゆるめた。

「これは単なる趣味です。普段は電気製品の修理なんか、やってます。ま、便利屋です。この国に来て、十六年になります」

「あのー、ちょっと動かしてみせていただけませんか？」

「さー、動くかなあ。一度しか試してないんですよ。作っちゃうともう関心がなくなって。でも動くはずです」

ナオキは大小三つの車のついた細長いものを持ち上げ、ギルリ、ギルリとネジをまいて、机の上にそっと置いた。三つの車が立ち上がり、不規則な形になると、くねくねと波のように動き出した。進んだり、後ずさりしたり、考え込むように止まったりする。

「これ、なんだか気が弱そうですね」

ナオキは恥ずかしそうに笑った。

「こういうの、たまりません」

畑野の目が一点に集中して止まっている。

「もし、よろしかったら、譲っていただけませんか？」

「譲るなんて、どうぞお持ちください」

「いやあ！　材料費だけでも……」

「いいんです。金かけてないですから。材料は骨董《こっとう》市で探してくるんです。骨董市っていっても、泥棒市って呼ばれているような市です。なんでも売ってるんですよ。切れた電球とか、靴かたっぽなんかも、面白いでしょ」

泥棒市を自慢するような口調になっている。

「ほんとうに、よろしいんですか？」

「お荷物になりますね。実はまだたくさんあるんですよ。時間つぶしでね」

ナオキは机の引き出しを開けた。なかに、おもちゃがきれいに並べてある。油を含んでにぶく光ってる。

「サンバを踊るのもありますよ。この国生まれの女の子です」

「ほほーう。すごい。世界的にこういうの好きな仲間がいるんです。ホームページもあるんですよ。インターネットなさいますか？　メールは？」

「いや、パソコンはないんです。とくに必要を感じなかったので……ファックスなら」

「名刺に私の番号が書いてあります。あなたは……」

「ナオキっていいます」

ナオキはおもちゃを新聞紙にくるむと、名前と住所を書いた紙をいっしょに渡した。

畑野は嬉《うれ》しそうに抱えて帰っていった。

ナオキは久しぶりに、故郷の街角で、友だちと立ち話をしたような気持ちになった。

そのゆるい温かさはいつまでも消えなかった。

今まで特に話題にしたことはなかったけど、このおもちゃをアリコに見せてみようかと、ナオキは思った。


アリコは全身でジットのことばかり考えている。二十四時間途切れることがない。自然と笑みがこぼれ、ぽっかりと柔らかい空気に包まれているようになる。ジットもしばしばアリコの前に現れ、ふたりでいる時間も増えた。

でもアリコのなかのどこかにまだ小さな棘《とげ》のようなものが残っていて、ときどきうずく。

それは、「なぜ？」

その「なぜ？」の向こうに、「ジットは死んでいるのよ」というナーダの言葉が張り付いている。ジットだけではない、アリコのなかにはいつもいつも死がかくれているのだ。それは今に始まったことではない。アリコがなにも知らない子どものときから、取れない指輪みたいに、体に張り付いている。

ジットと会って、手をつないで散歩をしても、嬉しければ、嬉しいだけ、不安が付いてくる。この人もまた闇の中に消えていくのだろうか。

遠慮して生きていかなければいけないんだ。自分はそういう運命の人なんだ。

窓から見える、リオの底抜けに明るい日の光は、アリコにはまぶしすぎた。

トントントン。

ドアをたたく音がする。

「アリコ」

子どもの声がする。

開けると、チチーナがにやにや笑いながら立っていた。

「ゴルジエッタ《おだちん》」

親指と人差し指、中指をすり合わせている。これはお金を表すポーズだ。今日の格好はタンクトップ。痩《や》せた腕が操り人形のように下がっている。

「どうしてここがわかったの」

「そういうこと聞くわけ？　失礼しちゃうよ。あたいは、なんでも知ってるもん」

チチーナは大人びた動作で、体を揺らし、チチチと舌を鳴らした。

「これ、ナーダから手紙」

手に持った紙を高く上げた。「いる？　いらない？」じらすように紙をぴらぴらさせる。

「ちょっと、入りなさいよ」

アリコはドアを大きく開けた。

チチーナは目をつり上げて、入ってきた。

「ねえ、チチーナ。あの指輪のことだけど……」

「ああ、あれ、アリコが投げて壊しちゃったんだってねえ。悪い子だね！」

　チチーナはにやっと笑う。

「うるさい！　ジットは接《つ》いで直すって言ってたわ」

「ほんとかな」

「それ、どういう意味？」

　チチーナは肩をひょんと上げた。

「手品みたい。手品ってさ、本当はないのに、あるみたいにみせるからね。用心した方がいいよ、アリコ」

　手をひろげ、大げさに肩をすくめる。

「ねえ、あなた、どこの子なの？　どっちのファベイラ？　ファベイラ・サンタ・マリア？」

「ノッサ《おー》！　あたいの住所を決めてくれるわけ。この格好じゃファベイラの子で、ぴらぴらドレスだと、金持ちのお屋敷の子。おもしれーや。どっちもそうで、どっちもそうじゃないよーだっ」

「だって……」

「そう見えるっていうんだろ。じゃ、それでいいよ」

　なんて子だろう。乱雑で、鋭くって、陽気で、そうかと思うと、のんきで、すばしっこい、雑多なものが、雑多に詰まってる、子鬼。

「ねえ、教えてくれない。ナーダに指輪を渡したのあなたなんでしょ？」

アリコは小さな肩を摑《つか》んではげしくゆすった。子どもを脅して、自分の安心を探そうとしている。

「しつこいよ。アリコの知らない暗がりのルートがあるんだよ」

チチーナはもういいだろうという態度で、ナーダの手紙を差し出した。

「ちゃんと、渡したよ。ほら、おだちんは」

アリコは震える手で、財布から小銭を出して、小さな手のひらに載せた。

「アリコちゃん、これでまた、悩みが増えたでしょ。ヒヒヒ」

チチーナは馬鹿にしたように笑って、飛び出していった。

アリコは立ちすくんでいる。

チチーナの言う通り。悩みが増えた。

(暗がりのルートってなに？)

手紙にはこう書いてあった。

「ご招待
面白い会を開きます。カルナバル前夜祭です。会場の都合でそうなりました。

そこにアリコをご招待します。

めったにないムジカとダンサの会です。

『破壊の未来』なんちゃって。

ちょっと気取ったネーミングだけど……深読みしないで。

ぶっちゃけて言うと、はじけようって会なのさ。

でも決まりがあります。

男性はブラックタイ着用のこと。

女性はイブニング着用のこと。

マスカラ《仮面》装着のこと。

だれが、だれだか、わからない。不気味なパーティー。

面白いでしょ。カリオカが柄にもなくおすましする夜なんだ！

形だけでもね。

二月二十八日　金曜日　十時
場所はわかりにくいとこなの。それで、ルア・オロ《金》とルア・プラタ《銀》の交差点の電灯の下で、あたし、待ってるから。

暗いお屋敷町だからね、タクシーに乗ってくるのよ。　　　　ナーダ」

一読して、アリコは紙を丸めて、そのままテーブルの上に放り投げた。行かないとすぐ決めた。もうどんなことでもナーダとかかわりを持ちたくない。もうひと言だって口をききたくない。今は幸せで、平和なんだから。

昨日、パパエのナオキがパソコンを買ってきた。古い電気製品ばかりの部屋に、真新しい、銀色のノートパソコンが仲間入りした。メカニコ《機械工》のくせに、普段はボールペン、改まったものを書くときは万年筆を使っている。

指先をポンポンと押して、手紙を書くなんて、相手を指でつっているようじゃないか。

とかく新しいものを敬遠しがちなナオキはこんな風に言った。

それなのに、ナオキはアリコに見せびらかすように、新しいパソコンを机の上に置いた。

「写真もすぐ送れるんだ。言葉や絵がどこへでも瞬間移動するんだよ」

そんなことなら、アリコはとっくに知っていた。学校には自由に使えるパソコンが何台も置いてあって、みんなまるで、自分のノートのように使っている。

だからアリコもなんとか使うことはできる。でもポンと押したら、今までつづってきた文章がさっと消えてしまう失敗をしてから、このマキナ（機械）には心を許せないと思っている。文字が無くなる、どこかへ消えていく。もしかしたら行き場を失って、心もとない想いで暗い中を飛び続けているかもしれない。居場所を失うなんて、さぞかし不安だろう。アリコはついついそんなことを思ってしまうので、使わなくなった。

機械なれしているナオキは、ポルトガル語のマニュアルをどうにか読みこなし、あっという間に動くようにすると、その翌日にはインターネットにも繋《つな》げた。

に笑った。

「こうなったら、パソコンにつながるカメラもいるな。プリンタもないとな」

ナオキは新しいおもちゃと対面した、小さな男の子のように、ちょっと恥ずかしそうに笑った。

ナオキは試すように、ぽとん、ぽとんとキーを押した。

「フェ、リ、シ、ダー、デ」

ナオキは声を出して、また「フェ、リ、シ、ダー、デ」と繰り返し打った。

アリコはナオキの肩越しにのぞいて、「し、あ、わ、せ……え、なに、いきなり！　オー・ロマンティコね」と目で追った。

「パパエ、文字を打ったらね、消えちゃうといけないから、バックアップしといたほうがいいのよ」

「バックアップって？」

「大事なものは、なくなったら大変でしょ。だからもうひとつ作って、しまっておくのよ。そういう機械を売ってるんだって。機械はいいよね、そういうことが出来るから」

ナオキは「バックアップか……」とつぶやいて、「アリコもバックアップしとこうかね。今のアリコを」と笑った。

「やっぱり、行かない」

アリコはもう何度もつぶやいた。それでももみくちゃにしたナーダからの手紙を丁寧に伸ばしてる。

もう関係のない人だと思いつつ、それでもナーダのことを確かめたいという気持ちはなかなか収まらない。ジットのことは信じている。なんの問題もない。もう疑わないようにしようと決めたつもり。でもみんながナーダの存在をあやふやに感じているのに、なぜジットだけがナーダの存在をあんなにはっきりと認めているのだろう。やっぱりふたりはあやしい。パーティーに「破壊の未来」なんていう、訳のわからない名前をつけて……よけいあやしげだ。ちょっと覗《のぞ》いてみたいという気持ちもある。

イブニングを着ていくのが決まり。それも一度ぐらいは着てみたい気がする。そんなもの持ってないし、買うお金だってない。ナオキに話してよけいな気を遣わせたくない。でもアリコの気持ちは、次第に、いや確実に、パーティーに行くほうに傾いていった。


アリコはドアをたたいた。じっと耳をすます。しばらくして、やっとこつこつと杖《つえ》の音が聞こえてきた。

「トントおじさん、わたしよ」

鍵《かぎ》を開ける重い音が二回して、トントが顔を見せた。

「おや、わしのかわいい、おちびさんかい」

トントは杖をばたんと落とし、両手を広げて、アリコを抱きしめた。

「よく来たね」

「うん」とアリコは首をすくめる。

「とっても遠いとこまでね」

トントの家はアリコの家の二階上、同じ建物のなかにある。エレベーターに乗ればすぐ来られる。以前はトントは週に一回、カルネ・アッサーダ《ローストビーフ》を作って持ってきて、三人一緒に食べたものだった。トントがそれを作らなくなって久しい。今ではアリコのほうがときどきスパゲッチなどを届けに行くようになっていた。

「カフェ、飲むかい」

トントは濃い茶色に染まったネルの袋にカフェの粉を入れながら言った。

「うん」

アリコは台所の椅子を反対にまわし、またがって座ると、椅子の背に顎《あご》をのせて、背中を丸めた。すっかり小さな女の子のポーズになっている。ここに来ると、いやトントの顔を見ると、すーっと昔に帰っていくのだ。毎日のようにパパエとトントが仕事をする手元を見ていたあの頃は、なにも変わらない普通の時間が過ぎていった。その穏やかさが戻ってくる。

「ほいさ」

トントがカフェをアリコの前に置いた。

トントは引きずっていた足の痛みを忘れたかのように、軽くくるんと体を回した。

リオ・デ・ジャネイロ
シダーデ・リンダ（美しい町）
ミーニャ・ケリーダ・エ・マイス・リンダ（私のいい人はもっと美しい）

おどけた声を張り上げると、アリコのほっぺたに口をつけて、大げさに「プッシュ」と音をさせた。

「カルナバルの季節になると、わしはママエが恋しくなる。ママエよりずっと年をとっちまったこのじいさんがよう。この気持ちはなんなんだろうねえ。まあ、いいさ」

トントはいつもこう言って笑う。トントは大変なマザコン。ママエよりいい女とは出会えなかった、それで結婚もしないで、今もひとりぼっちなのさ、と言う。

アリコはトントからママエの話はもうなん百回も聞いた。でもいつも初めて聞くように、うなずきながら耳を傾ける。

トントのママエはリオ生まれの、ちょびっと白人の血がまじった黒人だった。

「磨き上げたようなピカピカの肌をした、いい女だったよ。ファベイラに住んで、洗濯女をして、わしが十六になるまで、ひとりで育ててくれた。でっかいおっぱい、でっかい尻《しり》でなあ、抱きつくと足の間にわしの顔が入っちゃうのさ、その格好のままふたりで踊ってたね。カルナバルには水鉄砲を買ってもらって、浮かれてるやつの目玉めがけてぴゅーぴゅーとかけてやった。

でもなあ、浮かれれば、浮かれるほど、あとで寂しくなるのよ、カルナバルは。ありゃ、なぜだろうねえ。夜中にしくしく泣いたりして……みんなにぎやかに大騒ぎしてるのになあ。どういう訳だろうねえ」

トントのママエについての話は続く。でもパパエの話をしたことは一度もない。思い出がないのだろう。アリコもママエ・アナマリアの話はできない。大きなお尻だったか、大きなおっぱいだったか……。かすかに覚えているのは、そばに寄っていくと、おびえたように、「ママエのそばに来てはだめ。あっちに行きなさい」と言った弱々しい声だけだ。ナオキもアナマリアのことはめったに話さない。でもトントは時々口にする。

「美人だったなあ。茶っぽい髪にえんどう豆のようなきれいな目をしてた。声はちょっと低かったな。なにせ静かな人だった」と、まるで自分の恋人だったみたいに言う。

「みずみずしかったよ。足の裏から水がのぼってくるんじゃないかと思ったほどだ。この国にはああいうモッサ《娘》はいないな。ここは日差しが強すぎる。ポルトガルはブラジルとは親戚《しんせき》みたいな国なんだけどなあ。アナはオリエンテに近いと思ったよ。ナオキが夢中になったのもわかる。ナオキもいい男だけど、まあね。男はどうでもいいさ」

トントは笑った。

アリコはカフェを飲み終わると、トントの寝室のほうにそっと顔を向けた。

「ねえ、トント、アナマリアの忘れもの、まだある？」

おそるおそるトントの顔を見る。

「……」

トントののどの奥で、ぐっぐっと音がする。

「あ、あずかってるよ」

「見てもいい？」

「あれはナオキのものだろ」

「でもいいでしょ。だってあたしのママエだもん」

「まあ……な。ほこりだらけだよ。十年以上も開けてないからな」

「あのね」

アリコは言いかけて、息をついた。胸がきゅっとちぢんで、動かなくなったみたいに苦しい。

「いつか、あそこにママエのドレスが一枚入ってるって言ったでしょ。わたし、カルナバルでお金持ちのパーティーに呼ばれたの。それが着られるかなって思って……。Tシャツしか持ってないんだもの」

「ほー、アリコがパーティーに行くのかい、そうかい、そうかい、よかったね。ならパパエは喜んで新しいドレスぐらい買ってくれるさ」

「うん……だけど、ママエのドレスを見てみたいの」

「いいだろうよ」

トントは足を引きずって隣の部屋に入っていくと、奥の大きな戸棚から、立派な固い革のトランクを引っ張り出してきた。

「これだ」

肩で荒い息をしている。

「ありがとう」

アリコはちょっと緑青の浮いた真鍮《しんちゅう》の留め金をバッチン、バッチンとふたつ外すと、分厚い蓋《ふた》を開け、反対側に倒した。急に防虫剤のにおいが散らばる。

なかには白い布の帽子、ウエストまであるきゅうと締めることのできるブラジャー、色が変わってしまったけど上等の絹のパジャマやペチコート、その下に柔らかい布に包まれて、青い絹のドレスが入っていた。それにドレスと同じ色の高いヒールの靴と小粒のビーズを編み込んだ、同じ色のカクテルバッグ。

アリコはドレスをつまんで、立ち上がり、体にあてた。

「ヒュー」

トントが口笛のような声を上げると、

「アリコ、鏡を見てごらん。早く」とむせるように言った。

アリコはタンスについている鏡の前に立った。トントが電気をつける。

「『ママエはどんな人？』って聞いたことがあったな、アリコ。そこに映ってるのが、まさに、あんたのママエだよ」

トントはそう言うと、「ノッサ・セニョーラ！　おうおう！　おそろしいもんだな、親子って」とつぶやいた。

「着てみてもいい？」

アリコは返事も聞かずに、浴室に飛び込むと、ドレスを身につけて出てきた。ドレスは怖いほど体にぴったりしていた。スカートのしわを、伸ばしながら、アリコが軽く腰を振ると、裾《すそ》が波のように揺れる。靴に足をそっと入れてみる。サイズもほぼ同じ、痛くない。まるで母親が娘の初めてのパーティーのために揃えたようだった。

「その碧色《あおいろ》はアリコの目の色と同じじゃないか。それもぴったりっていいぐらい同じだ。アナマリアがそのドレスを着たのはたった一回だけだったなあ。三人でささやかな結婚のお祝いをしたときにな。もっとも気取った集まりとは無縁の暮らしだったし、余裕もなかったからな」

アリコはドレスの胸のあたりに固いものを感じて下を見た。三角に切り込んだ胸の真ん中に陶器のブローチが縫いつけてあった。重みで、裏側に隠れていたらしい。手に持つと、五センチぐらいの横長のだ円形で白地に藍《あい》色でブドウの房と葉が繊細に描かれ、周りはぐるりと細い金で縁どられていた。

「きれい！　これ、アズレージョっていうんでしょ？」

「そう、よく知ってるね。ポルトガルの陶器だな。あっちには多いからな。これは大理石とは違うんだ。人の肌のように柔らかく感じる。やっぱりオリエンテのものなんだなあ。この金の縁どりだって、よくできてる」

長年、物を作って生きてきたトントが感心したように言った。アリコはブローチをそっと手のひらで包んだ。ひんやりとしている。ジットの指輪と同じ藍色。アリコの目の色のような。

「このドレス、家に持っていってもいい？」

「そりゃいいさ。アリコのためのドレスかもしれないよ。アナはそのつもりで置いていったのかもしれない！」

トントはふっと目をつぶった。

「トント、パパエには内緒にしてほしいの、お願い」

「パパエに内緒ごとかい？　アリコも大人になったんだね。相手はだれだい？」

「そういう話じゃないの。ママエのドレスなんか着たら、パパエは昔を思い出して哀しむから」

アリコはトントにだけは、自分の気持ちをそのまま話せる。

「ああ、わかったよ。でも、トントに教えておくれ、この間、一緒に歩いてたのは、アリコのいい人かい」

「え、いつ？」

アリコはごまかすように、窓のほうに顔を向けた。

「夜遅く、ぴったりくっついて、まるでふたりは糊《のり》でくっつけたようだったよ。でもアリコは大切な娘だから、あんな遅くに出歩くのはいかんなあ」

で触れた。

「どこで見たの？」

「出窓から見えたよ」

「もう大丈夫。心配しないで」

アリコはトントの心配を打ち消すように、顔を寄せ、深いしわを刻んだほっぺたに唇で触れた。


リオ・デ・ジャネイロという町の空気は、コパカバーナの遊歩道の波型模様のように、ゆっくりと曲線を描くように動いている。ゆっくり膨れたり、しぼんだり。そんなリズムに体をまかせていれば、この町の暮らしは気持ちいいことこの上ない。それが毎年、十一月頃から少しずつ変わってくる。どこからともなく地鳴りのようなタイコの音が響き、それがしだいにはっきりしてくると、アルミの鍋《なべ》をたたいたようなカシャカシャとした音が混じり、その間を野暮ったいといってもいいほど素朴なラッパの音が物悲しく縫っていく。そうなると、もうゆったりなんてしてられない。

ナタール《クリスマス》が過ぎると、商店の飾りもがらりと変わり、カルナバル一色になる。路地の洋服屋ではTシャツも、きらきらとスパンコールをつけたものに変わり、高級通りのウインドウにも宝石などをつけたドレスが飾られる。婦人雑誌にはセレブのファッション予想などがのり、そばには丸がたくさん付いたびっくりするような値段が付いている。

アリコは真面目に学校へ通い始めた。

「アリコ、学校には行くんだよ。あと二年だからな。それが終われば、後はアリコが好きに考えればいい」

こんな風にナオキにやんわりと言われると、アリコは弱い。

学校の帰り道だった。あれっと気がついたら、ナーダが笑いながら、すぐそばを歩いている。さっきまでずっと一緒だった仲良しみたいに、歩幅まで合わせるようについて来る。

「いいな、アリコ、学校って面白い？　うらやましいな」

肩をぶんとぶっつけてくる。

「びっくりするじゃない」

アリコはふんと横を向いて足を速めた。

「いい、アリコ、忘れないでね。来てよ。楽しみにしてるね」

「どこに？」

アリコはわざと意地悪に聞く。

「かっこつけないで……素直に自分を見つめましょう、ふふふ」

「だって、夜遅くだし」

「カルナバルだよ。堅いことは言わないの」

「そんなに簡単に決めないでよ。わたし、迷ってる。着ていくものもないし……」

「そんなことどうにでもなる。アリコに心配はない！」

こともなげに笑いかける。もうあのドレスのことを知っているような口調だ。

「思いっきり、大胆に胸開けてね。セクシーにね。カルナバルはそれが一番よ」

続いて、「いいわね、決まりよ」とダメ押しするように言うと、すーっと離れて、すぐ人込みにまぎれてしまった。いつものことながら、驚くほど速く去っていく。

アリコは聞きたいことがいっぱいあった。何時頃までやるの？　とか、お金はどのくらいかかるの？　とか……。

アリコはアナマリアの青いドレスを膝《ひざ》にのせて、窓からファベイラのほうを眺めている。つぎつぎ家々に明かりがともって、空中に星をあつめたように、ファベイラ・サンタ・マリアの光の島が現れる。

バトゥカーダの音が響いてくる。それを聞いていると、アリコは小さいとき、バイーアのおばさんの大きなスカートの中に引きこまれたときのことを思い出した。はげしいタイコの音が渦巻いていた。飛ばされるようにアリコの体が音の渦に、かき回されていた。おもいっきり叫び声を上げていた。でもどこかでうっとりと気持ちよかった。

こんな古臭いドレスを着ていってもいいんだろうかと、気弱に思いながら、アリコはスカートのギャザーを手で行ったり来たりなでている。胸が大きく開くこういう形のドレスのあることは知っていたけど、それは花嫁さんか、イギリスのプリンセーザ《お姫様》が着るものだと思っていた。自分が着たらまるで、できそこないの人形みたいで、滑稽《こっけい》だ。

アリコは手紙に書かれていたことを守って、マスカラを買うことにした。

「セニョリータの肌だったら、黒かしらね。それとも目立たないのがお好きだったら、白っていう手もあるけど」

店員は言った。

「黒」

アリコは言った。白じゃ顔がないみたいだもの。

このパーティーのことは、まだジットに言ってない。ジットはなにも言わないから、もしかしたら招待されてないのかもしれない。一緒に行きたい。ナーダにだまって一緒に行ってしまおうか……。

「ジットに会っちゃだめ！」

ナーダの声がいつもいつも耳の中で響いて、無視しようとする気持ちを引きずり出す。

「パパエ、カルナバルはお休みでしょ」アリコはなにげなくナオキに聞いた。

「一緒に踊りに行くかい？」

えっ、アリコは息をのんだ。今までこんな言葉聞いたこともない。このブラジルで、このリオで、ナオキはカルナバルなんて存在しないみたいにずっと暮らしてきた。小さいときはカリナのお母さんがまだ生きていて、きらきらぴらぴらした洋服を買ってくれた。それでカリナおねえさんと一緒に近くの踊り場まで出かけていった。

「パパエと一緒でいいのなら。じゃ、いっちょ繰り出そうかね、アリコ」

ナオキの声がいつもと違って、ちょっぴりおどけてる。そっちには行く相手がいるんだろうって、アリコをからかうような言い方だ。

「カルナバルってもんはね、好きな人と行くもんだよ。パレードを見に行くんだろ？」

アリコは、ふーと音が出てしまいそうなほど、安堵《あんど》した。

「じゃ、パパエはカリナと行けば。わたしにはおかまいなく」

アリコもからかうように、口をとんがらせる。

カリナはナオキが好きなのを、アリコは感づいていた。

「ナオキには、誰もいないのかしらね。寂しくないのかな」

こんな風にカリナが言ったことがあった。こんな遠まわりな言い方をして、カリナは自分がその誰かになりたいと思っているのだ。カリナはもうすぐ三十三になる。母親が死んで、ひとり暮らしも七年ほどになっている。

「パパエは店でやることあるから……カルナバルは遠慮するよ」

「わー、ニッポンジーンだあ！　カルナバルにお仕事ですか」

アリコもおどけてナオキを指差した。ふたりの間の空気がめずらしくやわらかい。

「行くんだったら、楽しんでおいで。でも二時には帰るんだよ。夜明けは危ない。人の心がとんがるからな」

パソコンを手に入れて以来、ナオキは日本から出張で来ていた畑野と、メールのやり取りをしている。こんなメールがついこの間来た。

「あなたの作ったおもちゃの評判が仲間内ですごくいいんです。欲しいっていう者もいましてね、新しいのが出来たらぜひ見せてほしい。これはおもちゃとは言いませんよ。とっても精巧に出来ている。魅力的です。私はロボットって呼んでいます。手動ロボット……ちょっとへんな言い方ですかねえ……私のアメリカの若い友人には、かわいい女の子のロボットばかり作ってる青年もいますよ。ガールフレンドだなんていってね。一緒に踊ったりして……若者は自由で、すばらしい。五月頃にはまたそちらに出張する予定です。お会いするのが楽しみです。それに、こんなことを言うのもなんですが、ナオキさん、日本に遊びに来るお気持ちはありませんか？　仲間をご紹介したい」

孤独な時間をつぶすために作っていたものを面白がってくれる人がいる。それも故郷の言葉で褒められた。ナオキは体のどこかが、ふと緩んだような気がした。

下の通りが朝からにぎやかだ。アリコが窓からのぞくと、ファベイラのほうから人が大勢歩いて来る。小さなトラックには着飾った人が山盛り乗って、もうすでに腰を振って踊っている。それを追いかけて素足にスニーカーの子どもたちが走る。そんな集団がいくつもいくつも、坂道をくだって、表通りの方に流れていく。

今日はカルナバルの前日、リオの市長が町の鍵《かぎ》を主催者に渡す儀式が済むと、いよいよお祭りの扉が開かれる。この儀式の意味は、「さあ、鍵で町の門を開けてください。みなさんに町をあけわたしますよ。存分に楽しくおやりなさい」

そういうことなのだ。でも、もうひとつ意味があるらしい。町を開放するのは、人だけではない。向こうの世界にいった人たちも、自然界にある命あるものたちも、目には見えない者たち、すべて一緒に楽しみましょう。それがカルナバルのもともとの意味だといわれている。今、ここリオの町では、隙間がないくらい、そんな命、命ではじけている。

食事がすんで、ナオキがアパートから出て、下の通りを店のほうに歩き始めたのを、窓から乗り出して確かめると、アリコは支度を始めた。着ていたTシャツを脱いで、シャワーを浴びる。息ができないほどアリコの胸はどきどきしている。きっとジットも来る。きっとナーダはさそってる。来ないわけない。そんな予感がする。

アリコはきついキャミソールのひもをさらにきつく締め、胸を精いっぱい持ち上げると、丹念にアイロンをかけておいた青いドレスに足を入れて引っ張り上げ、背中のジッパーを閉めた。いつもはとかしたままの髪をくるりっとひねって上に上げ、大きなバレッタで留めてみる。ぐんと大人っぽく見えるのが気に入った。ドレスに縫い付けてあるアズレージョのブローチを手のひらに載せると、やわらかい丸みがすっぽりとおさまった。

この時季の八時はまだ日が残っている。本番は明日《あした》からというのに、大通りからは、タイコの音、ラッパ、タンバリン、その間を鋭く笛が鳴る。足音、歌う声、笑う声、すべてまざりあって、町全体が膨れあがっている。

アリコはマスカラを手にもって、部屋を出た。鍵穴に鍵を入れる手が震えていた。

アパートから一歩出ると、こんな裏通りでも、カルナバル、カルナバルで、なにもかも踊るように動いている。

「おや、アリコ！」

驚いてる声がする。ジュース屋のカリナだ。

「オパ！　おや、おや、私の目はちゃんと見えてるのかな。ほんとうにアリコだね。オー《おお》・メウ・デウス《神》！」

「ほんとうよ、アリコよ、カリナ」

「あんたがおしゃれして出掛けるなんて。うれしくって、泣きそうだよ。きれいだよ。まるでボネキンニャ《お人形ちゃん》みたい」

「ちょっと変じゃない？　昔っぽいでしょ」

「なんの、なんの、最高！　どこへいくの？」

「友だちに呼ばれたの」

「ナオキはなんて言ってた？　喜んだでしょ」

「うん」

「ちょっと、見て、見て、ナオキがこれくれたのよ。お手製のおもちゃよ。ねじをまわすと、サンバを踊るの」

「へー、パパエが……よかったじゃない。今度見せてね」

　アリコは思いもかけないナオキの行動に目を丸くした。カルナバルの魔法がここにも現れたらしい。


　このころの日没は遅い。太陽が低くなっても、日差しは強烈で、高層ビルの間から、勢いよくはじけてくる。それが強ければ強いほど、ビルの谷間が闇に沈んで見える。光がカルナバルの人たちを浮き上がらせては、また隠す。夏は終わりに近い、といっても、海辺のリオは暑い。鳥の羽根の冠やら、お面やら、かざりをいっぱい貼り付けながら、でもどの体も裸に近い。じっとりと湿って、肌がにぶく光っている。これがカルナバルのおしゃれっていうものだ。胸と両腕が出ているとはいえ、アリコの長いドレスは周りの雰囲気から、完全に浮いていた。

　明日が本番というのに、通りはポップコーンのようにはじけて、リズムに体を任せている。うろうろと調子の合わない動きをしているのは観光客なのだろう。どこもかしこもいつもの何倍もの人であふれ、バスもタクシーも一向に進まない。

　これではいつ指定された場所に行けるかわからない。アリコはタクシーをあきらめて、町のにぎやかな音とは反対のほうに歩きだした。ナーダに言われたところは、大騒ぎのセントロから、離れたところにある、庭付きの大きな家が並ぶ高級住宅地だ。アリコはスカートの両脇をつまんで、はあはあ喘《あえ》ぎながら、つんのめるように歩いていった。ドレスの下を汗が流れていく。しばらくすると道は静かになった。こんなところでサンバとダンサのにぎやかなパーティーがあるのだろうか。

「アリコ、遅いじゃないの」

声がしたときには、いつものようになんの気配もなくナーダはそばに立っていた。不意を突かれてびくりとアリコの体が震える。その腕に、ナーダの手がからみついてきた。

ナーダは目の色と同じ翡翠《ひすい》色のドレスを着ていた。いつもいい服やバッグを持っているから、いい家のおじょうさんなのだろうけど……たてがみのように広がっている赤毛はあれこれ俗な想像を許さない迫力がある。

「やっぱりそのドレス、アリコに似合うね」

ナーダは両手でアリコの腕を摑《つか》んで、上から下までなめるように目を動かしていく。でも薄い水色の目のほうは動かずに、じっとアリコを見つめていた。

「やっぱりぴったりだわ」

やっぱり……って、二度も言った。すでに知っているような言い方だった。

「アリコの目の色と同じね、とってもきれい！」

ナーダはアリコにしがみついてきた。

「あー、いいにおい」と、小さくつぶやく。

「やめて」

「アリコ、おどおどしないの。あんたはずるいぐらい美しいよ。だから見せびらかさなくっちゃ。今夜はどうどうと、しり込みはしないのよ」

ナーダはアリコの背中をかかえてぽんぽんとたたいた。

「してない、するつもりもない」

アリコはぶすっと答えた。

「ほんと？　ちゃんと生きられるようになったんだ」

ナーダはアリコの髪をそっとなぜて、自分の頭とくっつけて、かすかに笑みを浮かべ、

「よかったね」小さくつぶやく。とたんに翡翠色の目が鋭いナイフのように暗く光った。

「さ、こっちよ。行こう」

ナーダはアリコの手を引っ張って、角を曲がると、門灯もついてない、見上げるほど大きな鉄の扉を開けた。遠くの町の光を溜《た》めた空の明かりがぼーっとあたりを浮き上がらせる。門から続く道は夏の葉を茂らせた木々におおわれ、暗い。ひんやりとした風を送ってくる。

「この木もイッペイよ。あんたのママエの好きな真っ黄色のはず」

「どうして知ってるの？　ママエのこと」

「なぜだろ。そう感じたのよ」

ナーダがいっそう強くアリコの手を引っ張った。

「ねえ、ジットは来るの？」

アリコは一番聞きたいことを、やっと口に出来た。

「ふん、一応は知らせたけど、あいつは来るかな。ややっこしいの嫌うから、あたしに遠慮するかも、ね」

「わ、わたし、帰る」

アリコは手を振りほどこうとした。

「悪いね。あの扉、一度入ったら、なかからは開かないのよ。いい、わかったわね。後について来るのよ」

ナーダはアリコの肩を押して、からみあっている木の枝をかきわけたり、折ったりしながら進んでいく。

「だって、なぜ、こんなとこ」

アリコはもがいて、戻ろうとする。

「ぐずぐずしないで」

ナーダはアリコの手を強く引っ張って、前に進む。足のせいで後ろ姿がゆれる。その痩《や》せた背中を見て、アリコは言った。

「ナーダ、どうして、わたしを連れて行きたいの？　こんなに」

「ナーダちゃんはね、あんたと一緒にいたいのよ。カルナバルだもん。悪いね、アリコ」

ナーダが振り向いた。翡翠色の目にかすかに涙がにじんでる。アリコははっとして、足を止めた。

　前が急に開けて、なかば朽ちたような館が、翼を広げた蝙蝠《こうもり》のように現れた。木の梁《はり》が幾何学模様のように走っている、屋根の形は破風が三つもあるイギリス風の館だった。土壁は崩れ、屋根はところどころで瓦《かわら》がずり落ちて、そこからどうやら草が伸びている気配。それは物語に出てくるような、廃屋だった。

「さ、アリコ、マスカラ《仮面》をつけるのよ」

　ナーダは自分も金色のマスカラをつけると、命令するように言った。もう涙のあとはうかがえない。アリコはあやつられたように、マスカラをあてて、ついていく。

　敷石が割れてがたがたになっているアプローチの階段をのぼると、扉のとれた玄関が黒く口を開けていた。なかは窓からの明かりで、ぼんやりと煙《けぶ》って見える。玄関ホールの真ん中に、丸いカーブを描いて、上にむかう幅広の階段があった。ナーダはアリコをかかえ込むようにしてのぼりはじめた。

「スカートの裾《すそ》を持ち上げて。つまずかないようにするのよ。階段は長いから」

　一歩ごとに、朽ちた木がぎーぎーと鳴る。二階から階段は細くなり、さらにきしみが大きくなった。よく見ると、ところどころ踏み板が抜けている。それをよけて、手すりにつかまりさらにのぼっていく。暗いなかに顔の一部がはがれ落ちた石の彫像がぼーっと立っていた。

　やがて頭の上のほうからずんずんと重い音が降ってきて、あたりが揺れてきた。

「ほらね、始まってる！　もうすぐだからね、アリコ、来てくれて本当にうれしいよ！」

　ナーダが今まで聞いたことのないようなやさしい声で言った。

　アリコはナーダの手を握り返し、だまってこの先へ一緒に行ってみようと思った。二階から三階になり、さらに細くなった階段の先にささくれた分厚い扉が見えた。隙間から光が筋になって漏れている。音もさらに大きくなってきた。

　ナーダはアリコの手をにぎったまま、力を入れて扉を押し開ける。いっきに光がこぼれ、音が噴き出してきた。ナーダに引っ張られ、アリコは転げるようになかに入っていった。なかは意外にも煌々《こうこう》と電気が光り、中央では五、六人のミュージシャンが強烈な音をたたき出している。それに合わせて、ぎっしりと詰まった人が踊る。揺れる。みな、マスカラをつけて、陽気な音に合わせて、でもどことなく不気味に体をくねらせて踊っていた。

お〜〜お〜〜　サンバ　サンバ
ツカツチャ　ツカツチャ　ツカツカ　ツカツチャ
ミーニャ　ビーダ　マラビオーゾ
お〜〜お〜〜　サンバ　サンバ　サンバ
ツカツチャ　ツカツチャ　ツカツカ　ツカツチャ

ビバ　ビバ　カリオカ
ビバ　ブラジル！

言葉にさして意味はなく、音が空気を震わせ、リズムが体に語りかける。絹のドレスが揺れ、黒い上着の裾がはねる。ひとりで、ふたりで、三人で、踊る、踊る。ナーダもアリコの手を引っ張って踊りだした。すみのほうで、丸く太ったジョーらしい影が踊っている。はずれてくねくねとロープのように、踊っているのはチコチコだろうか。すぐ目の前の足の間から、細い手がでてきて、わらっているみたいにぴらぴらとうごいて、チチーナの顔がちらっとのぞいて、また人の中にうずもれていった。

なんだあ、みんないるんだ、きっとジットもいる。わたしを探してる。

「ジット！」

アリコは叫んだ。

「ちょっと、アリコ」

突然、ナーダが立ち止まって、手をのばして、つかみかかるように言った。

「その、あんたの胸のブローチ見せて！」

「縫いつけてあるから、とれないの、むりよ」

アリコはナーダから顔をそむけて、奥の方に体を向けた。

「見せなさいよ！」

ナーダの声はいっそうしゃがれて、風邪をひいた犬の吠《ほ》え声のようだ。その声のするどさに、おどろいて、アリコが振り向くと、ナーダはアリコの胸のブローチをひったくるようにつかんで、顔を近づけた。

「とれないっていったでしょ」

アリコは引っ張られて、おおきく開いてしまった胸を、あわててかくそうとする。

「くくく」

ナーダは不気味な笑い声をあげながら、ブローチを握った手をさらにひっぱって、仮面《マスカラ》を外した。現れた目、翡翠《ひすい》色も、空色も、いっぱいの涙をためている。握った手を開いて、ブローチをそっとなぜる。すると、カチッと小さな音がして、ぱっと蓋《ふた》が開いた。のぞいたナーダのふたつの目は急に大きく見開かれて、一瞬止まった。

「あら、これ開くの」

アリコが驚いてのぞこうとすると、ナーダはさっと手前に寄せて、ぱっちんと蓋を閉めてしまった。

「ナーダ、もう一度開けて見せてよ。どうやったら開くの？」

ナーダはふんと鼻から小さく息を吐くと、「なにを開けるっていってるのさ」ととぼけたように言った。いつもの生意気なナーダの口調だ。

「だって、今、このブローチ、ロケットみたいに蓋が開いたじゃない。なかになにが入ってたの？　わたしも見たい。ママエのブローチだもん。お願い、もう一度やってみてよ」

「アリコ、いい？　この扉も二度と開かないのよ。カルナバルの魔法は一回きり。あきらめなさい、欲張らないの」

ナーダはしゃがれ声をいっそうとげとげさせて、何事もなかったようにマスカラをつけた。

「じゃ、教えて、なにが入っていたの？」

「あたしよ、あ、た、し」

ナーダが投げるように言うと、またアリコの腕にからみついてきた。

「なに、それ！」

アリコは乱暴にナーダの胸を押した。

「あたし、あたしが入ってたのよ！　さあ、もうあきらめなさい。ここはカルナバル」

金色のマスカラの右目から翡翠色の光が走る。

「さ、飲んで、頭を冷やして」

ナーダは手をのばして、グラスを取ると、アリコの手に握らせた。

氷のなかで、無数の泡が昇っていく。グラスの表面を水滴がつつーっと走る。

「お酒なんて……」

「わかってる、十五歳の赤ちゃんだものね。でもここはナーダの世界。終わりのないリベルダーデ！　限りなく自由なところ」

アリコはグラスに口をつける。リモンの香りがのどを降りていった。

打楽器の音が急に強くなった。速いリズムに変わったらしい。踊りの動きが激しくなっていく。

「おじょうちゃん、お入り、カルナバルだよ」

子どものとき、ファベイラの入り口で聞いた、リモンを売ってたバイーアのおばさんの声がする。

「知らないだろ。ここにはね、カルナバルが入っているんだよ」

巨大な白いスカートが揺れていた。

「カルナバル？」

「そう、カルナバルの魔法。このなかでね、みんな、みんな一緒に、だれもかれも、にぎやかに踊ってるのさ」

「みんな、みんな？　じゃ、あたしのママエもいる？」

「ああ、カルナバルだからね」

遠い昔の言葉が聞こえてきた。

バトゥカーダの音がさらに強くなってきた。踊る足音も急に激しくなる。

みんな口々に叫ぶ。

ビバ　カルナバル

ビバ　ビバ　ビバ　ビバ
ダンサ　ダンサ　ダンサ

アリコは激しい渦に巻き込まれながら足を動かし、あのとき、ママエを呼んだように、夢中で叫んだ。

「ジット、ジットー！　どこにいるの？　一緒に、一緒にいて！」

いきなり人の間から、細い手がのびて、アリコをつかんだ。

「呼んだってジットは来ないわよ。アリコはあたしと一緒。こっち、こっちに来るのよ！」

ナーダのしゃがれた声。すごい力でアリコの手が引っ張られていく。

「いやよ！」

「生まれたときも一緒だったじゃない！　わかった？」

アリコの動きが、一瞬止まった。

「やっぱり！」

「そうよ、やっぱりよ。生きられなかったあんたのねえさんよ。だからこれからは一緒にいようよ。こっちに来るのよ」

握られたアリコの手が一層しめつけられる。

「ごめん。ゆるして。でもいや！　行かない！」

アリコはつかまれた手をよじり、足でけりあげ、全身で暴れ、あたりかまわずぶつかっていった。

「ジットー、ジット、助けて！」

アリコは叫び声を上げた。

「呼んだって無駄。ジットが助けに来られるわけない。死んでる……人にできるわけない！　ジットはあたしのものよ。あきらめなさい！」

「うそ、ジット、ジットは絶対助けてくれる！　そう言った。ジット、わたしたち約束したでしょ！　ジット、ジット、助けてー、アリコよ、アリコ！」

周囲を見回すアリコの声は鳴り響く音を切り裂いて飛んでいった。

とたんにナーダの手から力が抜けて、すっと離れていく。アリコは狂ったように戸口に走り、ドアを開け、階段に飛び出した。激しいバトゥカーダの音が背中から追いかけてくる。

「アリコ！」

悲鳴に近いナーダの声がする。それを振りはらって、アリコは転げるように降りていった。あたりは暗く足元は見えない。階段は音を立てて、ぐらぐらと揺れている。館じゅうが揺れている。

「アリコ！」

ナーダの声が追いかける。それに重なるように、

「アリコー！」

ジットの呼ぶ声が下からのぼってきた。

「ああ、ジットー、助けて、ジットー」

アリコは暗闇を両手でさぐりながら、声に向かって走り降りていく。

踏み板ががくんと抜けた。

「あーっ」

足を取られ、アリコは前のめりになり、落ちていった。

第五章

「アリコ、アリコ」

しゃがれた声が呼んでいる。瞼《まぶた》の向こうがほんのりと明るい。

「ナーダね」

アリコは声のするほうに、顔を傾けた。口に生暖かい空気を感じ、また生まれたときの記憶のなかでもがいていた。

「そうよ、あたしの妹、アリコ」

ナーダの気配がそう言っている。

「やっぱり……そうだったのね。ナーダ、ごめん。わたしのせい、わたしのせいなの、わたしはあなたを押しのけて、傷つけて、自分だけ生き残って……」

アリコは必死で口を開く。

ぼんやりとした向こうで、ナーダがなにか言っている。

「アリコ、あんたのせいじゃない。でも一緒に大きくなりたかったね」

「ごめんなさい、ナーダ。できれば代わってあげたい」

「ほんと？　じゃ、一ヵ月でもいいわ、代わってくれる？」

ナーダの声が一瞬はずんだ。

「えっ」

アリコの口が動く。

「ほら、あんた腰引けてるよ、ふふふ。アリコ、悔しくって言うわけじゃないけどね……あたしだって、双子のあんたに負けないって、見えない人なりに、そうナーダなりに、そこそこ生きてきたのよ。気ままだけど、かえってそれは自由でね、恋もしてるしね。必死でそっちの世界にしがみついてた。一緒のはずが三ヵ月ぽっちでこっちに送られちゃったんだから、いいでしょ、そのぐらいは許してもらっても！　あたしって、出会った人には案外人気でね、面白がられたのよ、すぐ忘れられちゃったけどね。そのぐらいは我慢したわ。

それがね、ジットと出会って、彼が好きになっちゃったのよ。あたし、普通の女の子のような恋をしたいと思った。ナーダだと遠慮しちゃうもの。それで双子のあんたを思い出したのよ。どんな女の子になってるか知りたくって、そばで見ていて、映画館で待ち伏せしたってわけ」

ナーダの声はもうしゃがれていなかった。

「そしたら思ってもみなかった不思議な気持ちになった。あんたが可愛いのよね。なんなのこの気持ちって、戸惑った。あんたがぐじぐじと意気地がないからよけい可愛くってさ。いらいらもしたわ。あんたも、パパエもいいかげんに死んだ人のことはあきらめればいいのに……。しつっこいったら、うちの血筋は……。言っとくけど、あたしもよ。こういう身分だとよけいよ。嫉妬《しっと》深いのよ。嫉妬！　嫉妬って救いのない感情ね。たくらむ気持ちが起きてくるの。相手を消したくなるの。悔しいけどそれでもあんたが可愛いのよね。この気持ちってひどいものよ。あんたと一緒にいると、普通の気持ちになれたのよ。二本の足で立ってるような。ねじれた足の長さは戻らないけど、でもね、アリコ、これで終わりじゃないわ。これからも一緒よ。あんたがせいいっぱい元気で生きていくか見てるわよ……ジットのことも見ていたいと思う」

ナーダの影がだんだんと薄くなっていった。

「ナーダ……」

アリコは朦朧《もうろう》としたなかで、声を振り絞った。

「そんなこと言わないで。あやまってるのよ。ゆるして」

消えかかっていたナーダの影が振り向いて、笑ったように揺らめいた。

「もういいよ。あやまるなんて……ジットを渡したわけじゃないもの。双子は半分こするのよ。そうじゃない？」

冷たい空気が口から入ってくる。アリコはそれを吸い込んで、生まれたばかりの赤ん坊のように、大きな声を上げて泣きだした。

泣きながらアリコは叫び続けた。

「ナーダ、ナーダ」

「アリコ、アリコ」

ナオキがアリコの体を揺すった。

「おお、気づいたか」

アリコはびっくりしたように目を開けた。

覆いかぶさるようにナオキの顔がある。横からトントが顔をくちゃくちゃにして、のぞいている。アリコは起き上がろうとして、顔をしかめた。足に激痛が走る。

「痛いか？　骨が折れたんだからな、痛いだろう。頭も打ったって。しばらくは記憶があいまいになるかもしれないって。でもそっちのほうはたいしたことはないそうだ。足はちょっと時間がかかりそうだけどね。でも、よかった、命を取られないで」

ナオキが両手でアリコの顔を包んだ。

「うん、うん、うん」

トントがナオキの言葉に合わせて、うなずいている。

アリコはそっと目を周りに向けた。部屋のすみにジットが立っていた。いつものように壁に背中をもたれて、長い足を交差している。アリコと目が合うと、すいっと親指を立てて、笑いかけた。アリコも笑う。

すぐ近くからカルナバルの騒ぎが響いてくる。急に大きくなる。それは真夏の入道雲のように、膨れては、また膨れ、止まることがない。叫び声、笑い声、人を呼ぶ声、タイコ、タンバリン、たたく音すべて、ラッパ、そのあいまを交通整理のような笛の音が鋭く走る。すべてがサンバの音で揺れ、すべてがサンバのリズムで踊っている。


五日後、ギプスで固めた足を松葉杖《まつばづえ》で支えて、アリコは退院した。町は祭りの後のごみでうずもれ、寝不足のときのようなかさかさした空気で覆われていた。人々は妙に寡黙で、ここしばらくはブラジル人を辞めたとでもいうように早足で歩いている。

「ゆっくり休んだらいい」

ナオキはアリコになにも聞かずに、それだけ言った。

でも、アリコは松葉杖で学校へ通いだした。周りの風景が、ピントが合ったように、はっきりと見える。友だちの言葉もくっきりと聞こえてくる。空気が変わっていた。

おそるおそるアリコはナオキにあの日の出来事を話した。

「アリコ、あんなところでカルナバルのパーティーなんてやれる訳がないじゃないか。お屋敷町だよ。壊れかけた屋敷で踊ったって？……アリコ、頭を打って、少しおかしくなったな。あんな裾《すそ》の長いドレスを着てたから、からまって転んだんだよ」

「あれは……、ママエのドレスよ……トントのところにあった、トランクに入ってたの」

アリコはナオキにアナマリアのことを口にした。不思議なほど自然と言えた。

「ほう、そうだったのか。あのドレスだったのか。今度着て見せてほしいな、パパエにも」

ナオキの反応も普通だった。アリコはこくんとうなずいた。

「ジットが一緒にいてくれてよかったね。いい青年じゃないか」

またアリコはこくんとうなずいた。

それに、わたしの双子のおねえさんもいたのよ。

アリコは言いかけて、言葉を呑《の》み込んだ。不安がすーっとよぎる。

足の痛みが薄れるのを待って、アリコはひとりであのパーティーのあった館を訪ねた。昼間に見ると、さして壊れているようでもない。でも、記憶にある鉄の門はだれも住んでいないのを示すように、固く閉まっていた。アリコはぐっと押してみた。あの日のようにぎーっと鳴って扉は開いた。その向こうは庭木が伸び放題で、絡まりあっている。入ろうとして、アリコはぎくりと立ち止まった。

「あの扉、一度入ったら、なかからは開かないのよ」ナーダの言葉を思い出した。アリコは扉を押すのを途中で止めて、館を見上げた。

本当にあの屋根裏で、大勢の人が体をぶつけ合うように踊っていたのだろうか。

あれからジットはたびたびアリコと一緒に過ごすようになった。

「杖になってやるよ」

ジットはアリコを抱えて、家の周りを散歩してくれる。

「歩けるようになったら、僕のポロン《半地下の住居》に案内するよ」

「ほんと？」

アリコは嬉《うれ》しそうにうなずきながら、それでもそっとジットの顔をうかがってしまう。

「また、疑ってるな。おれは生きてるって」

「わかってる。そばにいてくれるんだから、そんなのどうでもいい。でも、わたしが信じれば信じるほど、ナーダがかわいそうになる」

「おれにも……ナーダは忘れちゃいけないやつなんだ」

ジットはふーっと目をふせた。

「ねえ、ジット、歩けるようになったらわたしポルトガルに行ってこようと思うの」

アリコはジットに肩を寄せて言った。

「おれも行く」

ジットは即座に答えた。

アリコの顔が一瞬光で包まれる。でもすぐゆっくりと顔を振った。

「わたし、ひとりで行くつもり。わたしはね、ママエがどうして、わたしたちを置いて帰ってしまったのか、知りたいの。わたしの問題なのよ。答えが悲しいことであっても、知りたい。ナーダのことも知りたいと思う」

「そうだね」

「ポルトの近くの町に、ママエのお兄さんがいるはず、でもどんなところだかわからない。

でも行けばいい。それだけでいいと思ってるの」

「それならおれも行くよ。ナザレにアズレージョの宇宙船をもう一度見にね。途中下車しちゃったからな……ちょうどいい、一緒に行こう」

ジットはそう言って、にっと笑った。

「パパエはなんというかしら。わたしひとりでも、だめだって言われそうなのに、男の人と一緒なんて」

「その心配なら問題ない」

「え、問題ないの？」

アリコは物足りなそうな表情。

「うん」

ジットは首を大きく傾けて、笑いながら、アリコの肩をぽんぽんとたたいた。

「不満かい？　アリコは十五、まだ子ども。二十二の男には誠実が求められる。パパエには安心してもらわないとね」

「まだ子どもなの？　わたしって」

アリコがぶーっと顔を膨らませる。

「つまんなかったら、早く大きくなりな」

ジットはアリコのほおを指でちょんとつっついて、「ああ、いい気分だなあ」と言った。

案の定、ナオキは、すぐいいとは言わなかった。リオの町から一歩も出たことのない十五歳の娘を、同じ言語をしゃべる国とはいえ、ひとりで行かせる決心がつかない。ジットの同行にも親として心配があった。

といって、ナオキは自分が一緒に行くことにもためらいがあった。あのとき、アナマリアをなかば奪うように連れ去った、フェルディナンドという兄に会って、親しげに話すことなんてできそうにない。住所もポルトの近くの町、レグアということぐらいしか、今となっては思い出せない。これはアナマリアを連れ帰る旅ではないのだ。行けばいまだに傷の癒《い》えないつらい思い出と向き合わなければならない。

「だけど、ママエの家の住所はポルトの近くのレグアということぐらいしかわからないんだよ」

「わからなくってもいい。近くまででも行ってみる。見るだけでもいいのよ。パパエは待っててね。わたしが持って帰るママエを楽しみにしててよ」

アリコはナオキの複雑な気持ちを察して言った。

「お金かかるけど……」

「心配ないよ。おまえがいつでも旅立てる用意はしてあるよ。ジットにもそう言いなさい。一緒に行ってもらうんだから」

「パパエ、それは別々にしたほうがいい。わたしはわたしのためにポルトへ。ジットもジットのために、ナザレに行くのよ」

アリコはきっぱりと言った。


さっきから黒猫が足元でうずくまって、そこだけ白い足の先をしきりになめている。ときどき顔を傾けてアリコに「にゃー」と声を上げる。

「ナーダの猫……ゴマっていったっけ、こいつ似てるね」

ジットはポルトガルの重たいパンをちぎって、口に入れた。

朝、リオ・デ・ジャネイロの空港をたって、十時間余り、ふたりはポルトに着いたばかりだった。旅行会社を通して予約したホテルは、にぎやかな大通りから、急な坂道を二本入ったところにある二つ星の簡素な宿。木の茂る中庭があって、そこがレストランになっていた。

木漏れ日がふたりの顔にちらちらと動く。

北半球の夏の太陽はなかなか沈まない。

ホテルの人が受話器を持って出てきた。

「お電話ですよ」

「セニョリータ・アリコにね」

「誰からかしら……?」

「アロー、アリコ? ですか? こっちはアナマリアの兄の、フェルディナンド・ソウザです」

アリコは思わず腰を浮かした。

「ど、どうして、わたしがここにいることをご存じなんですか！」

「ナーダっていう方から聞きました」

「え、ナーダですって」

今度はジットがびくっと立ち上がり、椅子が後ろに倒れた。

「昨日、電話で知らせてくれました」

「は、はい」

アリコはしどろもどろだった。

「私はあなたの伯父《おじ》さんってことになるんですよ。小さいときに一度お会いしたことがあります。覚えてないでしょうけど」

「いいえ、覚えてます」

「それで、なにか用事でポルトにいらしたのですか？」

「別に……ただ母が生まれたところを見てみたくなって……それだけです。伯父さんのところもお訪ねしたいと思ったんですけど、昔いただいた手紙を失《な》くしてしまったらしく、レグアだけで住所がわからなくって。でも見るだけでもと思って……そうですか、ナーダが知らせてくれたんですか」

「ご親戚《しんせき》だそうですね」

「ええ。じゃ、お目にかかれます？　いいえ、ぜひお目にかからせてください。できれば母が生まれたうちを見せていただければ……嬉しいです」

「そう言ってくださって、私も本当に嬉しいです。あのときは気持ちが動転していて、アナマリアを無理やり連れ帰ってしまって、ずっと申し訳ない気持ちでいました。ぜひ、こちらにいらしてください。ポルトから列車で二時間ほどかかります。レグアという比較的大きな町です。ポルトまで迎えに行きたいのですが、ちょうどブドウの剪定《せんてい》の時期で、家を空けられなくて」

「大丈夫です。ぜひ明日《あした》うかがわせてください」

「ポルトの中央駅、サンベント駅から乗ってくだされば、たしか朝、九時頃の列車があると思います。レグアの駅まで迎えに行きます。そこから車で北に三十分ばかり走ったところです。大丈夫かな」

「ご心配なく。友だちと一緒ですから」

「お友だち……」

フェルディナンドは一瞬とまどった口調になった。

「彼もナザレに用事があるので、一緒に来たんです。よろしいでしょうか？」

「もちろん、もちろんですよ」

アリコは切れた受話器を持ったまま、こわばった顔で言った。

「ナーダが伯父さんに、わたしが来ているって電話をかけたんだって」

それから足元の猫を見て、庭の木陰のほうにすーっと探るように視線を移した。

「そばにいるんだわ。わたしたちを見てるんだわ」

「ナーダもアリコと一緒にお母さんに会いにきたんだよ」

ジットが言った。

ポルトは坂、坂また坂の町。のぼったり、おりたりして、ポルトの中央駅、サンベントにたどりつく。途中、通りに面した、家という家の壁は様々な色のタイルが貼られていて、それが長い年月でくすんで、鈍い光をはなっていた。コンクリートがむき出しに見える、リオの町中とはだいぶ違った風景だった。

「ほら、ほら、アリコ、これがアズレージョだよ」

ジットはサンベント駅の壁にびっしり貼られたタイル絵を見上げて言った。

「あの、指輪と同じ色ね」

「そう、あれの超拡大版！」

「すごい大きい！　でもタイルなのね。つないで壁画にしてるんだ」

アリコは首を仰向《あおむ》けにして、ぐるぐると体を動かしながら、見続ける。戦いの絵、王様の絵、宗教的な絵、海の絵、農民が働く絵。それが白いタイルに青一色で描かれていた。

「きれいね。いろんな色があるよりきれい。タイルなのに、とっても温かい」

アリコは上を見ながら、言った。

列車はほぼ定時に出発した。リオドウロ《黄金の川》沿いを東へさかのぼるように走る。両岸とも川面《かわも》まで急な斜面で、一面緑のブドウ畑が続く。

「これが全部ワインになるのね」

「だから、黄金の川」

アナマリアもこの列車に乗って、この景色を何度も見たことだろう。緑のなかに、時々オレンジ色の小切れを並べたような屋根の村落が過ぎていく。アリコはリオ・デ・ジャネイロの空を突き刺すようにそそり立つビルの群れを思い浮かべた。この国の空は建物にさえぎられない分、落ち着いた青さをもって、でもどこまでも終わりのないように広がっていた。空気もやわらかい。この空の下でアナマリアは子どもの時を過ごし、大きくなったのだ。

アナマリアの兄、フェルディナンドはアリコをしっかり抱きかかえて、

「会えてうれしいよ、アリコ。アナマリアがブラジルへ行くときも、こうして抱き合って別れたんだ。あのときのアナと細い体がそっくりだ」と湿った声で言った。

アナマリアの生まれた家は、大きな農場主の館だった。この国では、こういう家をキンタと呼ぶ。オレンジ色の屋根、白い漆喰《しっくい》の壁、夏の日を反射して、まぶしいほどだった。そこを広い庭が囲んでいる。そこここに使用人の姿も見える。なかに入るとすぐの広間は腰の高さまで一面アズレージョ。それもタイルの端を絵柄にそって、凹凸にカットして、古い額縁のような形になっている。そのなかも白地のタイル、そこに藍《あい》で絵が

描かれている。小道が続く林や、農家やブドウ畑、収穫され桶《おけ》に入れたブドウを足で踏んでいる女の人など、このあたりの風景や生活が描かれていた。そのタイル絵に続く白い漆喰の壁が古い木の家具と絶妙な調和を見せていた。

真夏なのに外と比べると、空気が冷たい。

男の子と女の子が入り口からはずかしそうに顔をのぞかせた。

「アリコ、あなたの従弟妹《いとこ》たちですよ。息子は八歳、ジョアンと言います。この家の十一代目になる予定です。ま、この時代ですから無理やり継がせるって訳にはいきませんが……。妹のほうは七歳で、アナルイーザっていいます。アナマリアのアナだけもらったんですよ」

ふたりは父親がそう言うと、すいっと入ってきて、アリコとジットに手を差し伸べた。

「ムイット・プラゼール《はじめまして》」

「お会いできて、うれしいわ」

アリコの声はかすかに震えていた。

「ナタが焼き上がりましたよ。ほやほやよ」

カップやポットを載せた大きなお盆をお手伝いさんに持たせて、白い麻の服を着た女の人が入ってきた。

「家内のオリビアです」

「はじめまして！　なんてことでしょう。アナの娘さんに会えるなんて。アナとあたし、この村で学校が一緒でしたのよ」

　オリビアは大きく手を広げて、アリコを抱きしめた。

「目も髪の色も違うけど、姿がそっくり。アナマリアを抱いてるみたい。なんてなつかしいんでしょう。さあさ、お座りになって」

　みんないい人だった。自分は取り残された子どもだと思っていたけど自分のほうで取り残してきたのかもしれないとアリコは思った。こんな遠くの親戚からも、自分は疎外されてはいなかったのだ。あの小さなアパートに来て、フェルディナンドが戸惑ったのも無理のないような気がする。ママエはこんな大きな館のお嬢さんだったのだ。それがやせ細って、少し精神も病んで、部屋のすみに隠れるようにしていたのだから。

「ブラジルにもあるでしょ。これ、ここではナタっていうんです。甘い卵のパイです。温かいうちにどうぞ召し上がれ」

　オリビアはカフェをそそぎながら、笑いかける。

　ナタは表面に焦げ目がついて、香ばしかった。

　ねえ、ナーダ、見てる？　わたしたちのファミーリァよ。

　アリコはちょっと空中に目を上げ、声にならない言葉をつぶやいていた。

「アナの部屋をご覧になりますか？　昔のままっていう訳にはいかないけど、あまり変わっていません。今は客間として使っています」

　フェルディナンドが言った。

二階に上りドアを開けると、そこは頃合いの大きさの部屋。窓近くにベッドが置いてあり、その上の壁に、アズレージョのマリア像がはめ込まれている。ベッドには花柄のカバーが平たく広がって、窓には裾《すそ》を手編みのレースでかたどったカーテンが下がっていた。

磨きこまれた分厚い木の家具、左右に木彫りの鳥が載っていた。家具と同じ木の枠に入った等身大の鏡が白い壁にかかり、その隣には美しい田園風景を描いたアズレージョが壁に絵画のように埋め込まれていた。

ベッドと同じ花柄のクッションを載せた、曲げ木の揺り椅子に、フェルディナンドが手を添える。椅子はだれかを乗せているように、音もなく揺れだした。

わたし、座って、ママエと揺れてるわ。

ナーダのはずんだ声がアリコの耳の奥にシャカシャカ聞こえてきた。

アリコもすいっとそばに寄って、椅子の背をなぜた。

フェルディナンドは胸のポケットから布に包まれたものを取り出すと、改まった口調で言った。

「これをあなたに渡したいとずっと思っていました。送ればよかったけど、それでは気がすまなくって、手渡したいと、いつかブラジルに行ったときって思いつつ……時間がたってしまいました」

そう言いながら包みを広げた。

「あっ」

アリコが声を上げた。「そ、それ！」

そこにはあのパーティーで着たドレスについていたのと同じアズレージョのブローチがあった。

「それ、ママエのドレスについていたのと同じだわ」

「あ、あの青いドレスでしょ。アナのお気に入りだった。わたし、覚えてる」

オリビアが驚いて、アリコを見つめた。

「私の兄さんの結婚式に着てたのよ。思い出したわ。あれと同じものだったのね！」

オリビアはアリコの肩を抱いて、目を細めた。

「そうだったんだね……アナはこちらに帰ってから、これを作ったんですよ。そしていつもそばに置いていた」

フェルディナンドはそう言いながら、アリコに手渡した。ドレスのと同じ重さで手のひらにすっぽりと入る。

アリコはあのときナーダがやったように金の縁周りを指でなぞった。そのとたん、なにもしないのに蓋《ふた》がいきなりぱかっと開いた。

「あっ」

フェルディナンドの驚く声。アリコもびくりとし、飛びつくようになかをのぞく。

そこには、細くきれいに三つ編みにされた赤い髪の毛と黒い髪の毛がハート形にして入っていた。その真ん中に、アリコたちの誕生日の日にちが彫られていた。

(ほら、あたしたちが入ってたでしょ。シャカシャカ)

ナーダの声が聞こえてきた。

みんながそばに寄ってのぞきこんだ。

「あー」とため息のような声がする。

「アナはいつもあなたたちふたりと一緒のつもりだったんですね」

フェルディナンドの声が震えていた。

「ママエに、会いたい」

アリコからささやくような言葉がもれた。だれひとり声を出すものはいない。ジットが近づいて、アリコの肩を引き寄せた。

「お墓に行きましょう」

オリビアがとりなすように言った。

アナマリアの墓は館と隣り合わせの教会の墓地にあった。墓は三角の屋根に十字架をのせた、石造りで小さな教会の形をしている。一族の墓なのだろう。庭でつんできた花をオリビアが手向けた。

「アナはあまりにも家族の死に遭いすぎたんです。十四のときに父、三年して母、次の年には小さな弟と続いて……」

とフェルディナンドはゆっくりと話しだした。

「アナは両親がいなくなったあと、年の離れた弟をことのほか可愛がっていたものだから、失《な》くした後、半年ほどショックで声が出なくなってしまいました。やっと立ち直って……そしたら、ひとりで旅に出たいと言い出してね。それでブラジルへ……心配だったけど、少しでも気が晴れるのならと、止めることができませんでした。こんな事情があったので、自分の子の死は耐えられなかったのでしょうね。『私のそばにいるとみんな死んじゃう。みんな死んじゃう。そばにいちゃだめ、向こうに行って』って、家の者も寄せつけなくなったんです。いつもドアを閉め、ひとりでこの揺り椅子に座って、やせ細っていきました。いろいろ手を尽くしたんですが、どうにもなりませんでした」

フェルディナンドは大きくため息をついた。

「でも、ブラジルに着いてすぐよこした手紙にはもうナオキのことが書いてありましたよ。どこかにあったはずです」

そう言うとフェルディナンドは下に降りていき、一枚の絵ハガキを持って上がってきた。

リオのコパカバーナ海岸の絵ハガキだった。

「兄さん、お友だちができました。とっても素敵な男性。大好きです。名前はナオキ・タカノ。日本から来たばかりなので、ポルトガル語ができません。だから私たちは無言の会話をしています。声が出なかった私にはなんでもないわ。それで私が言葉を教えてあげてます。一番初めに教えてあげた言葉はなんだと思う？　それは、フェリシダーデ。

私たちはムイット・フェリシダーデ《とても幸せ》だし、これからもふたりでマイス・フェリシダーデ《もっと幸せ》になるのよ。私はもう大丈夫だから心配しないで」

ハガキにはこう書いてあった。

「あんなに弱っていた妹が、フェリシダーデなんて言ってきたんですから、勝手だと思ったけど、元気になったのがとても嬉《うれ》しかった。それからも続けて何通か、楽しく暮らしている様子を送ってくれました。それがぷつりと来なくなって、私の結婚式に帰ってこないかと手紙を出したのですが、返事がなく……」

フェルディナンドの声がちょっと詰まる。

ナオキが初めて、パソコンにぽつんぽつんと打った文字をアリコは思い出した。

「フェ・リ・シ・ダー・デ、フェリシダーデ」

ナオキがアナに教えられ、いまでも大切に心にしまっている言葉だったのだ。

ナオキへのおみやげができた。

「フェリシダーデにならなくちゃだめよ。大事なママエが泣くよ」って言ってあげよう。

ポルトからの列車を乗り換えること二度、ほぼ海沿いを二時間余り南へ走って、ジットとアリコはナザレに着いた。

長く続く砂浜、リオ・デ・ジャネイロと同じ、白と黒のモザイク模様の遊歩道。どこからともなく魚のにおいがする。見ると、浜にいくつも大きなざるを広げて、開いた魚を干している。近くの食堂では、それを路上で焼いていた。

「な、小さな漁村だって言っただろ。このにおい、なつかしいなあ」

ジットはうきうきと浜辺のほうに足を向けた。

「ねえ、食おう、食おうよ」

アリコは一度ナオキが日本人の店から買ってきた干したイワシを食べたことがあった。ナザレのように焼くものがないので、オーブンに入れて焼いたら、何日も、部屋中ににおいがこもって、あのときは本当に困った。

「うまい、うまいな」

ジットは忙しくナイフを動かして、合間に、「うまい」を連発する。アリコは珍しいものでも見るようにジットの口を見つめていた。

やっぱり生まれた所だからだろうか……アリコは無邪気に食べているジットの姿を初めて見た気がした。ナーダはああ言ったけど、この人が死んでいるはずがない。

海岸沿いの町はあまり奥行きがなく、狭い路地が交差している。そこで子どもたちがボールをけり、頭の上には洗濯ものが旗のように下がっていた。家はたいてい白壁で、裾を目の前の海のように真っ青にぬってあり、窓枠が黄色で、美しい。狭い道なのにところどころにベンチがあって、短いスカートをはいたおばさんたちが座っておしゃべりをしていた。

狭い路地が交差している所に入ってから、ジットの口数が急に減ってきた。アリコにかまわず、ひとりずんずんと歩いていこうとする。

「ジット、待って」

アリコが小走りに後を追って、腕を取る。

ジットが振り向いた。その目ががらりと変わっていた。空色の目が奥に引っ込み、瞼《まぶた》が半分かぶさって動かない。アリコを見知らぬ人のように、つめたく見つめた。

こういう変化に、アリコは弱い。とたんに拒絶されたような気持ちになってしまう。今にもナーダの言葉が聞こえてくるようだ。

ジットはこっちの人なのよ、ほらね。

アリコは目を伏せ、体をすぼめて、どきどきしながら、のろのろとついていく。

「おやじがいるんだ」

ジットがぽつりと言った。「ここに住んでいる」

アリコははっとして足を止める。

「若い女と住んでいる。おふくろが死んで三ヵ月もしないのに、一緒に暮らして。それって許せるか」

体をこわばらせ、吐き出すように言った。

「ほんとうなの？」

「ああ、わざわざ知らせてくれたやつがいる」

「でも、聞いただけでしょ？」

アリコはジットの腕を引いて、そばのベンチに座らせた。

しばらくして、ジットがすーっと体を起こした。

「親父はここの生まれ。ブラジルに出稼ぎに行って、リオの娘、おふくろに恋をした。おふくろの親父はちょっとした金持ちで、それにおふくろはひとり娘。当然、この結婚には大反対。ふたりは駆け落ちして、この町に住んだ。ここでおれも生まれた。おれが八歳のとき、じいさんがやってきて、おれとおふくろを無理やりブラジルに連れ帰った。でもおふくろは息子のおれを置いて、親父のところに逃げ帰った。ひとりでね。もっともじいさんがおれを離さなかったんだけど」

ジットは顔を上げて「あーあ」と息をついた。

「会いには行かないの？」

「行かない」

もういない母親に会いたい人もいて、すぐそばで生きている父親に会いたくない人もいる。

「ねえ、アズレージョの宇宙船のところに連れてって」

アリコは固まった空気をほどこうと、精いっぱい気分を変えて言う。

ジットは顔を上げて、ふと笑った。

「あの丘の上だ。アリコがいるから、ケーブルカーで行こうか」

「歩いて行きたい。ずっと見たかったから、簡単に着いちゃうの嫌だわ」

アリコはジットの手を引っ張って、先に立ち上がった。

切り立った崖《がけ》ぎりぎりに、海に向かって、そのお御堂《みどう》はあった。サイコロのような四角形で、十字架のついた三角の屋根をのせている。今にも背後の海にころんと転がっていきそうだ。開いている鉄の扉を抜けてなかに入る。

アリコは声もなく立ちすくんだ。

壁も天井もすべてアズレージョ、白と藍色《あいいろ》が美しい。天井は屋根にそった三角の形で、星と思われる模様で埋めつくされている。はがれ落ちたところは、聖人たちの肖像のタイルで脈絡なく埋められていた。それがかえって星の天井に意味を添えていた。四方の壁はびっしりと草花をモチーフにした幾何学模様のタイルがはられて、中央にはアズレージョの祭壇があった。人が四人も入ればいっぱいになるような小ささだった。

ジットはだまって、上を見上げている。それから隅の方に目を向けて、はにかんだように首をかしげた。

「な、ここに入るとまんまるの宇宙船のなかにいるみたいだろ。飛んでいきそうだろ。崖をころころ転がって、その勢いで飛び上がるんだ、目の前の真っ青な水平線に向かってね。そして、宇宙船になって、飛び続けるんだって。子どものとき、ここにもぐり込んでは、いろんなとこに行ったつもりになったなあ」

「未来を旅する宇宙船なのね、死後の未来もね……いつかジットはそう言ってたわね」

「子どものときは死後なんて思わなかった。ただおもちゃみたいに思ってたんだけど…

…おふくろが死んだと聞いたとき、これに乗ったんだなって思った」

アリコは目の前をこのお御堂が列を作って無数に並んで飛んでいるような気がした。ひとり、ひとり、乗り込んでいく。ナーダが、アナマリアが……会ったことがないけど、ジットのママエが……。

「ジット、外に行って未来を旅してる宇宙船をさがしてみよう！　きっと海の上を飛んでるよ」

アリコは笑いかけ、出口に体を向けた。ふたりは外に出て、崖ぎりぎりのところで立ち止まった。目の前には大西洋が夏の青い空を映し、さらに青を濃くして、広がっている。下の浜辺からかすかに聞こえてくるざわめきが、かえってこちら側の静けさをきわだたせている。

「飛び立つときは、まずここからなのね」

アリコが言った。

「おれ、無理に乗り込もうとしたんだよな」

ジットがぽつりと言った。

「そこでナーダに会ったんだ。さば読んで四十五階から飛んだなんて言いふらしてたけどさ、本当は十二階だった」

アリコの体がぎくりと震え、ジットを見る。

「アリコ、大丈夫だよ。おれ、死んでないよ。生きてるよ。ほら、ちゃんと」

ジットはぎゅっとアリコの肩を引き寄せる。アリコは鼻にしわを寄せて笑うと、ジットのほっぺたをぎゅっとつねった。

「いて！　ほら、生きてる！」

ジットはもう一度つねろうとしているアリコの手を握った。

「下にね、車が止まってて、その上に落ちたんだ。ほとんど死にかけて……そのときだよ、ナーダに会ったのは。『こっちに来て』って言われたよ。『行くつもりだよ』って、おれは答えた。『あたしと遊べるね』って、ナーダが言うから、『ああ』って返事した。どっちでもよかった。どっちにいたって、どうってことないと思ったから。『本当にいいのね』ナーダはおれのことあきれるほど見つめて、『じゃ、手握って』って……。おれが手を伸ばしたら、『やっぱりやめとこう。あんた、このやり方をすれば、いつでも死ねるから。急ぐことないよ。あたしもそっちに友だちを持っていたい。どんな感じだろう、きっと楽しいね』って、それで、おれ、生き返ったみたい」

ジットはアリコの顔を見て、「な、この通りさ」と両手を広げた。

「生き返ったのはいいけど、後が大変で……じいさんがなまじ金、残すから、みんなが思うほど多くはないのに、後から後から取り分主張するやつが現れてさ、めんどくさいから全面放棄してやった。どうせこの世を捨てたつもりだったから。でも……今、ちょっとだけ後悔してる。残しとけば、タクシー乗れたものな」

「ジットったら！　わたしは歩きたかったのよ、一緒に」

「アリコ、キスしていい？」

突然ジットが言った。

「うん」アリコはうなずいて、ほほ笑みながら顔を上に向けた。

ジットの両手がアリコを抱きしめ、唇がアリコの口のそばでちゅ、ちゅって派手に音だけさせて、離れていった。

「えっ、それキス？」

「うん、五ミリ手前で、止める、この技！」

「止めないで！」

「だーめ！　だけどちょっとつらいな……」

ジットは両手でアリコの髪をくちゃくちゃにすると派手に音をさせて、今度はほっぺたを吸った。

「アリコに会ったとき、初めてナーダに感謝したよ。彼女に助けられ、こっちに戻ってこれたから君に会えた。だからナーダはおれの大切な友だちなんだ」

「わたしも助けてもらったのよ。もう少しで向こうに誘われちゃうとこだった。でも我慢して、わたしをジットに渡してくれた。今、ナーダはどこにいるのかな……また会えるかしら」

ふたりは視線を遠くに伸ばした。

「あの水平線の向こうかな……」

アリコが言った。

「いつか聞いたことがあるんだ。水平線ってね、いつも眺める人の目の高さにあるんだって。知ってた？」

「ほんと？　背伸びしても？　しゃがんでも？」

アリコは地面近くまで体をまげて、「ああ、ほんとうだ」と言った。

「これって、素敵じゃないか！　自分の目で真っすぐ見ると、あの線の向こうには、なつかしい人が住んでいるって思えるなんて。そして向こうから何かもやってくる」

アリコは小さく笑いながら、目頭を指で押さえてる。

「わたしがちゃんと生きていれば、ママエも、ナーダも向こうでちゃんと生きてるね」

ジットはやわらかくアリコを抱きかかえながら、「そして、おれもね、生きられる」とつぶやくと、そのまま坂のほうに体を向けた。

「アリコおじょうさん、それでは行きましょう。また坂ですよ。今度は下りです」

夕暮れが近づいていた。ヨーロッパの西の外れ、大西洋に夕日が沈んでいく。

「昔の人はね、ここが世界の果てだって思ってたんだ。ブラジルなんて、なくって……」

「ブラジルにたどり着いてくれた、この国の、ペドロ・アルバレス・カブラルさまに感謝」

下の町に近づくにつれ、ジットの目付きが落ち着かなくなった。

「そばまで行ってみようかな……」

「そうよ、行ってみよう」

アリコは励ますように言った。

その家は海から真っすぐ奥に入った道に沿った建物の二階にあった。夕方のすずしい風を入れようと、どの家もベランダに面した窓が大きく開いている。

「リリアーナ、こっちへおいで」

窓から男の人の声が飛んできた。とたんにジットは斜め前の小道に飛び込んでいく。

「おやじの声だ」

アリコはジットが隠れた角から顔を出して、上を見た。大きな男の人の動く影が見える。

「ねえ、ジット、見て。あの影、お父さんじゃないの」

ジットがそっと顔を出す。

テレビの音と一緒に、女の人の話し声がする。なにを話しているのか、合間に笑い声が混じってる。

「パパエ、いつ、ファティマ（有名な巡礼地）に連れてってくれるの？」

女の子の高い声がしてベランダに、ひょいと立った影が空を見上げて、すぐ奥に消えた。短いスカートの裾《すそ》が揺れていた。

「この次……ドミンゴ《日曜日》ね、メニーナ《おちびちゃん》」

女の人の声がする。

「いい子ならな」

今度は男の人の声。

家族の平和な会話が、笑い声も混じって、とぎれとぎれに聞こえてきた。

ジットはふっと笑うと、アリコの手を引っ張って、歩き出した。

「行かないの？」

アリコは止まって、その手を引っ張り返した。

「もう、いいや」

ジットは二階のベランダに向かって、挨拶《あいさつ》するように手をちょっと上げると、海に向かって歩き出した。

「さ、めし、食おうよ。今夜は、豪華版でいこうぜ。バーじゃなくて、レストランにしよう！　ウルチモ・ノイチ・デ・ナザレ《ナザレでの最後の夜》！」

ジットはいつものジットに戻っていた。

ふたりは海に面したレストランのテラス席に座った。

「アルコなし《アルコール》と、ありのセルベージャ《ビール》、ふたつ」

ジットは胸をそらして、すっかり大人のポーズになっている。

いつの間にか日は沈み、空と海は暗闇に沈んでいる。波の音だけが這《は》うように響いてくる。月はまだ昇らないのか、新月なのか、星だけがきれいに光り出した。

ふたりはだまって空を見上げた。

「ねえ、星の中で一番光るのはなんだか知ってる？」

アリコが言った。

「カノープス」

「はい、はずれ！　シリウスよ。シリウスにはね、闇のパートナーがいるんだって。つまり見えない相棒がいるのね。いつも一緒に動いてるの。だからシリウスは一番光る星になれたのよ。闇があって、光がある。光があって、闇がある。アフリカのどこかの神話にあるそうよ。

わたし、この話を知ったとき、訳もなく嬉《うれ》しくなっちゃった。それで、ポルトガルに来てね、この話を思い出した。ママエは闇に隠れて見えない人だったけど、ずっと一緒にいてくれたのね。ナーダもそうよね。見えないけどいる。だからわたし、輝かないと、ふたりに悪いような気がする」

ジットは空を見上げた。

「そーっか。おふくろは三カ月で忘れられたって思ったけど。今日、親父は幸せそうだったもんな。あの穏やかな家庭はおふくろが親父へ送った贈りものなんだ。そう思うということは、おれにもナーダはついていてくれてるってことかな」

「それはだめ、悪いけど、わたしだけ」

アリコはおどけて、首をすくめた。

「でも、ナーダが言ってた。双子は半分こするもんだってさ」

リスボンのポルテーラ空港は出発便が重なったのか、人でごった返していた。座るところもなく、アリコとジットは壁に寄りかかって、搭乗の合図を待っていた。人がざわざわと動いている。

遠くから、音が響いてきた。

シャカ　シャカ　シャカ　シャカ　シャカ……

アリコがはっと顔を上げる。ジットがびくっと目を開く。

「エクスキューズ・ミイ、エクスキューズ・ミイ」

しゃがれた声が聞こえてきた。

アリコとジットが驚いて顔を見合わす。

「ナーダ！」

「ナーダだわ！」

ふたりは声のするほうへ駆け出した。

すると、向こうから人ごみをぬって、平たい帽子のような頭を持ったロボットがやってきた。寸胴《ずんどう》の足を交互に動かして、ボディは紫色で、ワンピースを着ているような姿をしている。リュックをしょって、器用に人をぬって進んでくる。

アリコとジットは前に立って、見つめた。

「ジャ、マ、シ、ナ、イ、デー」

のぞき込んだふたりをロボットは太い両手を動かして、払った。顔とおぼしきところの先端が目のように光っている。右は翡翠《ひすい》の緑色、左は白っぽい水色。

「ナーダ？」

アリコがロボットをのぞき込みながら言った。

「ジャ、マ、シ、ナ、イ、デー」

「アリコ」

ジットは強い口調で呼んで、アリコの手を引っ張った。

「そんな訳ないよ。ロボットだよ。動かしている人がいるはずだよ、近くに……」

ジットは周りを見回した。

少し離れたところにメガネをかけた若い男の人が、じっとロボットを見ていた。

アリコは近づいて、ロボットを指差し声をかけた。

「あのロボット、あなたの？」

「そうだよ。ぼくのガールフレンド」

男の人はさらりとうなずいた。

「これから旅行に行くの？」

「うん、ノバヨークにね。それから東京へ」

「なにしに行くの？」

「踊るの、ふたり一緒に……ダンサ、ダンサ、ダンサ……あっ、もう行かなくちゃ」

男の人は歩き出した。先を行くロボットが振り向いて、アリコたちを見た。

(ア、タ、シ、モ、コ、レ、カ、ラ、ノ、ヒ、ト、ヨ)

翡翠の目から光が流れる。それも一瞬で前方に体を直して、歩き出した。その足の長さが微妙に違う。体が不思議な揺れ方をしていた。でも楽しそうにはずんでいた。

シャカ　シャカ　シャカ　シャ……

あとがき

一九五九年、ブラジルに渡って、半年ほどたったころ、私は映画館で、燃えるような赤毛の女の人に声をかけられた。

「どうだった、この映画？」

老婆のような、がさがさの声。彼女がブラジルでできた初めての女友達だった。七か国語を操るインテリだけど、生き方は自由奔放。取り巻く仲間も変わり者ぞろいだった。

それから五十年以上の月日が経ち、ブラジルを舞台に物語を書きたいと思ったとき、真っ先に彼女の姿が浮かんできた。三歳年上で、名前はクラリッセといった。

「あのねえ、エイコ、私の恋人だった男ね、ビルの二十四階から飛び降りて死んじゃったの。自分を殺すだけならいいよ。でも下に停まっていた車の二人もいっしょに殺しちゃったんだよ」

「全くとんだ野郎だよ」

美しい男の子の手をしっかりと握っている、あまり美しくない男が言った。

「あまったれやがって！」

もうひとりの男がほえるように言った。

これが初めて食事に呼ばれ、ろうそくの炎のなかで交わされた、クラリッセと仲間の会話の一部だった。まるで映画を見ているようで、敗戦からやっと立ち上がりかけた国からやってきたエイコには、とても刺激的だった。

ある時、この仲間たちとにぎやかなパーティーに繰り出した。男たちはブラックタイ、赤毛はロングドレス、エイコはなぜか浴衣《ゆかた》を着ていた。帰り道、リオ・デ・ジャネイロ、コパカバーナの海岸で、脱いだ靴をぶらぶらさせて、女二人と男三人、ゆらゆらと波打ち際をはだしで歩いた。暗い海から、波の音が聞こえてくる。夜明けが近づいていた。

「ふふふ。『甘い生活』みたいだ」

赤毛が、たばこの煙を吹き出しながら言った。

「あの腐った化け物みたいな魚がいたら、言うことないね」

あまり美しくない男がつぶやいた。

この二、三日前、私たちはフェデリコ・フェリーニの映画「甘い生活」を見たばかりだった。乱痴気しなくっちゃ。ずぶずぶと腐った魚になるのもいい……。映画のゴージャスな退廃と無気力にどっぷり浸《つか》っていた。

でも五人とも、見えない未来に向かって、必死で背伸びしていたのだと思う。

「おーっ」

もう一人の男が浜辺を突然走りだした。どこで見つけたのか、手に棒を持っている。ぼってりと湿った海の空気を切りさくように、いきなり棒をふりあげ、「ク、ロ、サ、ワーッ」と叫んで、にやりとエイコに笑いかける。

そのまま五人は、少し明るくなりはじめた町の中に入っていった。古い建物の狭い階段を上る。その一段一段の立ち上がりに、白いペンキの文字が浮き上がる。

「クーバ・リーブレ」「キューバに、自由を！」

当時、カリブ海の小さな島国は東西の大国の間でふるえていた。

女二人と男三人は、サンバのようにリズムをつけ「クーバ・リーブレ！」ととなえながら、開いたばかりのバールに入っていった。

「クーバ・リーブレ、お願い」

ロシアのウオッカをアメリカのコーラで割ったカクテルがだされる。キューバの胸の鼓動のような小さな泡がコップのなかを昇っていった。

こんな風に彼らとの日々は、異性と初めて付き合い始めた時みたいに夢見心地で過ぎて行った。


それから一年半後、私はおんぼろ車でヨーロッパを走り回って帰国した。

その一年後、赤毛はエイコを訪ねて貨物船で日本にやってきた。そして三年後、別れも告げずに、どこかにいってしまった。美しい男の子はその後俳優になり、あまり美しくない男はあまーい親の懐の中で、本物のマチスやピカソに囲まれて、ぬくぬく暮らし続けた。もうひとりの男は絵描きになり、二十年後、その絵はサンパウロ美術館の大階段の正面を飾った。

赤毛が消えて、五年後、たまたま訪れた京都の路上で、エイコは、通りの向こうから歩いてくる赤毛と偶然出会う。まったく予想もできない不思議な再会だった。懐かしさに涙ぐむエイコに、赤毛は「元気でよかった」と言うだけで、自分のことはまったく話さない。問いかけてもどこの国で暮らしているのかさえ口にしなかった。そして、「チャオ、エイコ」の言葉を残して去って行った。

二人の間には、もうブラジルの空気はなかった。二人の胸の鼓動はサンバのリズムを奏でてはいなかった。

この赤毛を主人公に物語を書こうと思ったとき、現代の物語にしようと決めた。私たちがともに過ごした、かつての時代にすれば、思い出が濃すぎて感傷的になるのは目に見えていた。あの国の強烈な光と影をもう一つの主人公にしたい、という気持ちもあった。それには、サンバのリズムは欠かせない。不遜《ふそん》にも、地の底から聞こえてくるようなカルナバルの響きを文字にしてみたいと長年思い続けてきた。

もし気が向いたら、この物語を声を出して読んでみてほしい。ブラジルのムジカ（音楽）を感じていただけるだろうか。

文庫版あとがき

グーグルで地図を見ていたら、右端に、ちいちゃなジンジャークッキーみたいな坊やが立っているのに気がついた。

「なんだろう」

軽くカーソルで触れたとたん、平面だった地図がむくむくと起き上がり、立体的な風景に変わった。驚きで目が点になった。

この時から、私は「ストリートビュー」なる技を手に入れた。座ったままで、生まれたところや、戦時中に疎開したところを、次々とまるで散歩しているように、たどっていった。そして、はっと気がついた。この機能で外国にも行けるかもしれない。

それで、なにをさておいても、懐かしの国、「すわ、ブラジルへ！」

六十年前、住んでいたところが覗《のぞ》けたらとわくわくする。画面の地図は急速に動いて、ブラジルに近づいていく。サンパウロが現れ、さらに接近、記憶にある街中の公園、「プラサ　リプーブリカ」が現れた。この辺は毎日のように歩いた、道をたどっていく。まっすぐ行って、まがって、まがって……「あった！　ガイアナージェス通り」角に細長い屋根が見える。おお急ぎで、クッキー坊やを移動させる。地図は動いて、私のアパートが立ち上がってきた。

「まだ、あった！　ちゃんとあった！」

じわりと目が濡《ぬ》れてくる。まるでカーソルに動かされたように、一瞬のうちに、私の心は通りの上に立っていた。あの時より建物は相当古びている。でも、感じる空気は変わっていない。六十年ぶりの再会だった。

二十五の時、この通りから私のブラジルでの暮らしが始まったのだ。私が住んでいた六階九号室のベランダも見える。はじめの一ヶ月ほどは、ブラジルの暮らしになかなか慣れなく、ひとりで外へ出て行く勇気も持てないでいた。そんな時、私はベランダからこそこそと、下の通りを覗いていた。思えばこの通りから、まずブラジルを感じていたような気がする。ごくごく庶民的な通りなので、陽気なブラジル人が行き交う。人が人を呼ぶ時の、語尾をぐーっと伸ばしたような甲高い声、出会った人が大げさな身振りで抱き合う姿、子供達がオレンジをサッカーボールにして、足で蹴《け》りながら走る。壁によりかかり、ぼーっと空をながめて、動かない不思議な人。ちょっと乗り出すと、角に「カフェ・ラティーナ」のモデルになった、カフェが、斜めに見える。酔っ払いが、足をのばして、座り込んでいる。はるか遠くから、車のクラクションにまじって、太鼓の音が聞こえて来たりする。誰かが歌っている。誰かが踊っている。ばたばた、こつこつ、カ、カ、カと靴音が響く。

あの時、「輝く未来の国」と言われているこのブラジルで、自分がどんな「これからのひと」になれるのか、期待と不安でいっぱいだった。あの揺れ動く気持ちが懐かしい。

顔を上に向ければ、空は驚くほどの青さで広がっていた。そこから強烈なブラジルの太陽が差し込んでくると、せまい道はくっきりと光と影に二分された。歩いている人は、影にはいると、消されたように見えなくなる。まるで闇の世界に連れ去られたようだ。ここはどこで、あそこはどこなのか……？　光の中にも見えない世界がある。周りが賑《にぎ》やかだけに、一層そんな不思議な気持ちにとらわれた。この物語の二人の少女、ナーダとアリコもそんな強烈なブラジルの光と影の中を、行ったり来たりしながら、「これからのひと」を探りながら歩いていく。あの時からずっと、ナーダもアリコも、この通りの中に隠れていたように思える。

またこの通りをいつも陽気に踊り歩きしていたのが、私の処女作『ルイジンニョ少年ブラジルを訪ねて』の主人公、十二歳の同じアパートに住む、イタリア系の美少年だった。典型的なブラジルの男の子で、両手があいてれば、賑やかに壁を叩《たた》き、足で地面を叩いていた。新移住者の私に、歌うようにリズムをつけて、ことばを教えてくれた。ついでに、ものの買い方から、強引な値切り方まで……。実に世智《せち》に長《た》けた友人だった。「カフェ・ラティーナ」でジットから指輪を盗む、チチーナは女の子だけど、彼を思い出しながら書いた。

ブラジルは多様な人種が集まっている国だけに、町の通り一つとっても、実に様々な顔を見せてくれる。ブラジルは陽気な国、サンバとサッカーの国、そして、いつもいつも「未来の国」「これからの国」と、言われ続けている。そう、胸の鼓動が鳴り止まない、現在進行形の国なのだ。ここでは、未来はいつまでも未来であり続ける。サンバのリズムを叩きながら、希望と、諦《あきら》めが、同じ歩幅で歩いている。だからこそブラジルは楽しみが多い。

角野栄子

本書は、二〇一四年二月に小社より刊行された
単行本を加筆修正のうえ文庫化したものです。

ナーダという名《な》の少女《しょうじょ》

角野栄子《かどのえいこ》

平成28年 7月25日 初版発行
令和6年 6月15日 3版発行

発行者●山下直久

発行●株式会社KADOKAWA
〒102-8177 東京都千代田区富士見2-13-3
電話 0570-002-301(ナビダイヤル)

角川文庫 19860

印刷所●株式会社KADOKAWA
製本所●株式会社KADOKAWA

表紙画●和田三造

●お問い合わせ
https://www.kadokawa.co.jp/ (「お問い合わせ」へお進みください)
※内容によっては、お答えできない場合があります。
※サポートは日本国内のみとさせていただきます。
※Japanese text only

ISBN978-4-04-104443-8 C0193

角川文庫発刊に際して

角川源義

第二次世界大戦の敗北は、軍事力の敗北であった以上に、私たちの若い文化力の敗退であった。私たちの文化が戦争に対して如何に無力であり、単なるあだ花に過ぎなかったかを、私たちは身を以て体験し痛感した。西洋近代文化の摂取にとって、明治以後八十年の歳月は決して短かすぎたとは言えない。にもかかわらず、近代文化の伝統を確立し、自由な批判と柔軟な良識に富む文化層として自らを形成することに私たちは失敗して来た。そしてこれは、各層への文化の普及滲透を任務とする出版人の責任でもあった。

一九四五年以来、私たちは再び振出しに戻り、第一歩から踏み出すことを余儀なくされた。これは大きな不幸ではあるが、反面、これまでの混沌・未熟・歪曲の中にあった我が国の文化に秩序と確たる基礎を齎らすためには絶好の機会でもある。角川書店は、このような祖国の文化的危機にあたり、微力をも顧みず再建の礎石たるべき抱負と決意とをもって出発したが、ここに創立以来の念願を果すべく角川文庫を発刊する。これまで刊行されたあらゆる全集叢書文庫類の長所と短所とを検討し、古今東西の不朽の典籍を、良心的編集のもとに、廉価に、そして書架にふさわしい美本として、多くのひとびとに提供しようとする。しかし私たちは徒らに百科全書的な知識のジレッタントを作ることを目的とせず、あくまで祖国の文化に秩序と再建への道を示し、この文庫を角川書店の栄ある事業として、今後永久に継続発展せしめ、学芸と教養との殿堂として大成せんことを期したい。多くの読書子の愛情ある忠言と支持とによって、この希望と抱負とを完遂せしめられんことを願う。

一九四九年五月三日

角川文庫ベストセラー

新装版 魔女の宅急便
⑥それぞれの旅立ち
角野栄子

キキととんぼさんが結婚して13年。13歳になってひとり立ちのときをむかえるふたごの姉弟と、キキをはじめおなじみのコリコの町の人たちの新たな旅立ちが、さわやかに描かれる。大人気シリーズついに完結！

ラスト ラン
角野栄子

「残された人生でやっておきたいこと」74歳のイコさんの場合は、5歳で死別してしまった岡山にある母の生家まで、バイクツーリングをすることだった。そこで出会ったのは、不思議な少女で……。

ズボン船長さんの話
角野栄子

小学四年生のケンは、夏休みにもと船長さんと知り合い、大事な宝物にまつわるお話をきくことに。それは、七つの海をかけめぐっての素敵なお話の数々だった。ケンともと船長さんの友情は、少しずつ強まっていく。

アイとサムの街
角野栄子

アイとミイは萩寺町に住む双子の姉妹。自作の自転車で、真夜中の散歩に乗り出した二人は、動物園で怪しい光を見る。そこでアイは、近くのマンションに住む少年オサム（サム）と出会い…!?

バッテリー 全六巻
あさのあつこ

中学入学直前の春、岡山県の県境の町に引っ越してきた巧。ピッチャーとしての自分の才能を信じ切る彼の前に、同級生の豪が現れ!? 二人なら「最高のバッテリー」になれる！ 世代を超えるベストセラー!!

角川文庫ベストセラー

福音の少年　あさのあつこ

小さな地方都市で起きた、アパートの全焼火事。そこから焼死体で発見された少女をめぐって、明帆と陽、ふたりの少年の絆と闇が紡がれはじめる――。あさのあつこ渾身の物語が、いよいよ文庫で登場!!

ラスト・イニング　あさのあつこ

大人気シリーズ「バッテリー」屈指の人気キャラクター・瑞垣の目を通して語られる、彼らのその後の物語。新田東中と横手二中。運命の試合が再開された！　ファン必携の一冊！

晩夏のプレイボール　あさのあつこ

「野球っておもしろいんだ」――甲子園常連の強豪高校でなくても、自分の夢を友に託すことになっても、女の子であっても、いくつになっても、関係ない……野球を愛する者、それぞれの夏の甲子園を描く短編集。

ヴィヴァーチェ　紅色のエイ　あさのあつこ

近未来の地球。最下層地区に暮らす聡明な少年ヤンと親友ゴドは宇宙船乗組員を夢見る。だが、城に連れ去られた妹を追ったヤンだけが、伝説のヴィヴァーチェ号に瓜二つの宇宙船で飛び立ってしまい…!?

ヴィヴァーチェ　宇宙へ地球へ　あさのあつこ

地球を飛び出したヤンは、自らを王女と名乗る少女ウラと忠実な護衛兵士スオウに出会う。彼らが強制した船の行き先は、海賊船となったヴィヴァーチェ号が輸送船を襲った地点。そこに突如、謎の船が現れ!?

角川文庫ベストセラー

グラウンドの空　あさのあつこ

甲子園に魅せられ地元の小さな中学校で野球を始めたキャッチャーの瑞希。ある日、ピッチャーとしてずば抜けた才能をもつ透哉が転校してくる。だが彼は心に傷を負っていて――。少年達の鮮烈な青春野球小説！

グラウンドの詩《うた》　あさのあつこ

心を閉ざしていたピッチャー・透哉とバッテリーを組む瑞希。互いを信じて練習に励み、ついに全国大会への出場が決まるが、野球部で新たな問題が起き……中学球児たちの心震える青春野球小説、第2弾！

アンティークFUGA《フーガ》 1　あんびるやすこ

中学一年生の風雅は、骨董店を営む両親が失踪し、一人で暮らしている。けれど父親がくれたペンダントから、超美形だけど不機嫌な青年姿の精霊シャナイアを呼び出してしまい、一緒に暮らすことになり……!?

アンティークFUGA《フーガ》 2　あんびるやすこ

骨董店の息子・風雅は、不機嫌そうなイケメン精霊・シャナイアを呼び出してしまい、つくも神が見えるように。その能力を生かし、「中学生の目利き」として頑張る中、名門美術館から依頼が届き……。

アンティークFUGA《フーガ》 3　あんびるやすこ

中学生の目利き・風雅と、無愛想な超美形・紗那の兄弟が営む骨董店、「アンティークFUGA」。そこに現れたのは、物腰柔らかな美形男子・唯。彼は、行方不明の風雅の両親についてあることを知っていて……。

角川文庫ベストセラー

RDG　レッドデータガール
はじめてのお使い
荻原規子

世界遺産の熊野、玉倉山の神社で泉水子は学校と家の往復だけで育つ。高校は幼なじみの深行と東京の鳳城学園への入学を決められ、修学旅行先の東京で姫神という謎の存在が現れる。現代ファンタジー最高傑作！

RDG2　レッドデータガール
はじめてのお化粧
荻原規子

東京の鳳城学園に入学した泉水子はルームメイトの真響と親しくなる。しかし、泉水子がクラスメイトの正体を見抜いたことから、事態は急転する。生徒は特殊な理由から学園に集められていた……!!

RDG3　レッドデータガール
夏休みの過ごしかた
荻原規子

学園祭の企画準備で、夏休みに泉水子たち生徒会執行部は、真響の地元・長野県戸隠で合宿をすることになる。そこで、宗田三姉弟の謎に迫る大事件が……！　大人気RDGシリーズ第3巻!!

RDG4　レッドデータガール
世界遺産の少女
荻原規子

夏休みの終わりに学園に戻った泉水子は、〈戦国学園祭〉の準備に追われる。衣装の着付け講習会で急遽、モデルを務めることになった泉水子だったが……物語はいよいよ佳境へ！　RDGシリーズ第4巻!!

RDG5　レッドデータガール
学園の一番長い日
荻原規子

いよいよ始まった戦国学園祭。八王子城攻めに見立てた合戦ゲーム中、高柳が仕掛けた罠にはまってしまったことを知った泉水子は、怒りを抑えられなくなる。ついに動きだした泉水子の運命は……大人気第5巻。

角川文庫ベストセラー

RDG6　レッドデータガール　星降る夜に願うこと　荻原規子

泉水子は学園トップと判定されるが…。国際自然保護連合は、人間を救済する人間の世界遺産を見つけだすため、動き始めた。泉水子と深行は、誰も思いつかない道へと踏みだす。ついにRDGシリーズ完結！

西の善き魔女1　セラフィールドの少女　荻原規子

北の高地で暮らすフィリエルは、舞踏会の日、母の形見の首飾りを渡される。この日から少女の運命は大きく動きだす。出生の謎、父の失踪、女王の後継争い。RDGシリーズ荻原規子の新世界ファンタジー開幕！

西の善き魔女2　秘密の花園　荻原規子

15歳のフィリエルは貴族の教養を身につけるため、全寮制の女学校に入学する。そこに、ルーンが女装して編入してきて……。女の園で事件が続発、ドラマティックな恋物語！　新世界ファンタジー第2巻！

西の善き魔女3　薔薇の名前　荻原規子

女王の血をひくフィリエルは王宮に上がり、宮廷デビューをはたす。しかし、ルーンは闇の世界へと消えてしまう。ユーシスとレアンドラの出会いを描く特別短編「ハイラグリオン王宮のウサギたち」を収録！

西の善き魔女4　世界のかなたの森　荻原規子

竜退治の騎士としてユーシスが南方の国へと赴く。フィリエルはユーシスを守るため、幼なじみルーンへの思いを秘めてユーシスを追う。12歳のユーシスを描く特別短編「ガーラント初見参」を収録！